Anka

Du même auteur au Rouergue :

Cité Nique-le-Ciel - 1998, roman doado.
Chassé croisé - 1999, roman doado.
Les chiens écrasés - 1999, roman doado.
Coup de sabre - 2000, roman doado.
Dernier western - 2001, roman la brune.
Apache - 2002, roman doado.
Arrête ton cinéma - 2003, Zig Zag (ill. Henri Meunier).
Arc-en-fiel - 2004, album (ill. Goele Dewanckel).
Couscous clan - 2004, roman doado.
Ma rue - 2004, album (ill. Anne Von Karstedt).
Manga - 2005, roman doado.
Je mourrai pas gibier - 2006, roman doado Noir.
La brigade de l'œil - 2007, roman doado Noir.
Raspoutine - 2008, album (ill. Marc Daniau).
Le Contour de toutes les peurs - 2008, roman doado Noir.
Déroute sauvage - 2009, roman doado Noir.
Sans la télé - 2010, roman doado.

Né en 1972 à Bordeaux, **Guillaume Guéraud** vit à Marseille.

L'auteur remercie le Centre national du livre
qui lui a attribué une bourse de création
pour écrire ce livre dans de bonnes conditions.

Photographie de couverture : **Clément Darrasse & Dorothy-Shoes**

doado

Guillaume Guéraud

# Anka

rouergue

*Merci à* Failan *de Song Hye-cung,*
*à Anka dans* Dimanche à six heures *de Lucian Pintilie*
*et à Caroline pour les étincelles.*

# 1

Personne ne frappe jamais de cette façon à une porte.

Hormis les flics – mais je l'ignorais.

Je torchais des exercices de géométrie dans la cuisine quand la rafale de coups a fait vibrer le loquet. Même les murs ont tressailli. J'ai lâché mon crayon et il a roulé sous la table.

Merde – qui se permet de cogner comme ça alors que la sonnette fonctionne ?

Sûrement un des rigolos que fréquente ma sœur, je me suis dit, un de la clique du club de boxe, elle est déjà sortie avec trois de ces connards, rien que des mules.

Les coups ont redoublé pendant que je ruminais.

Je me suis levé en traînant des pieds – genre « tout me fait chier ».

Les rafales bourdonnaient entre mes tempes.

Je suis pas du genre trouillard. Sauf que le théorème de Thalès me collait la pression. Sauf que ces vilains coups exigeaient de la prudence. Ou peut-être que, finalement, ouais, peut-être bien que j'avais la trouille. J'ai pas ouvert tout de suite. J'ai d'abord regardé par le judas.

Derrière la porte – deux mecs d'une quarantaine d'années, un gros rougeaud aux yeux méchants et un moustachu fatigué qui bombait le torse pour donner le change.

Pas des mecs du club de boxe. Pas des représentants. Pas des connaissances.

J'ai fini par ouvrir – genre « c'est quoi le problème ? »

– Monsieur Fontan ? a demandé Moustachu Fatigué.

– Mon père n'est pas encore rentré... j'ai dit.

Ça devait être pour mon père, forcément, vu que moi personne ne m'appelle « monsieur Fontan » – à part les profs quand je les fous en rogne.

– Police nationale ! a fait Gros Rougeaud. On peut ?

Il a désigné l'intérieur de l'appartement pour me faire comprendre que sa question « on peut ? » signifiait « on veut ! »

J'ai dû m'écarter pour les laisser passer. Ils ne m'ont pas montré le moindre insigne, pas comme les flics qu'on peut voir dans les films, ils se sont juste avancés et j'ai dû m'écarter pour les laisser passer.

– Bon... a soufflé Moustachu Fatigué.

Ils ont refermé la porte derrière eux et, comme je savais pas quoi faire, ni s'il fallait leur proposer de passer à la cuisine ou au salon, on est restés là dans le vestibule et je les ai regardés en cogitant.

Sur leur front était clairement marqué « je suis un gros con » – ce qui signifiait clairement « je suis un flic ».

Gros Rougeaud a consulté sa montre avant de grommeler :

– À quelle heure rentre ton père ?

– Vers dix-huit heures… j'ai répondu. Mais ma mère ne devrait pas tarder…

Moustachu Fatigué a alors posé une main sur mon épaule et a rivé ses yeux aux miens :

– Non, mon petit, non.

– Quoi non ?

– Ta maman ne va pas rentrer.

Il plissait les yeux comme un mauvais comédien pour se forcer à mettre de la tristesse dedans. Je me suis demandé à quoi il jouait. Déjà, le fait qu'il mette sa main sur mon épaule, j'ai trouvé ça bizarre. Je me suis demandé si ça tournait bien rond. Puis on aurait cru qu'il s'adressait à un môme de deux ans et demi. Je me suis demandé pour qui il me prenait. Ou plutôt pour qui il se prenait.

Sauf que les flics se croient tout permis alors ils vous parlent comme ça leur chante.

Gros Rougeaud a tiré deux feuilles pliées en quatre de sa poche :

– Ta mère est morte.

Il a dit ça comme ça.

Honnêtement, j'ai très bien entendu, j'ai même parfaitement compris. Sauf que j'ai pas vraiment percuté. Comme si ça avait rebondi dans le vide. À cause de la situation, je suppose, vu que c'était pas croyable d'annoncer ça comme ça.

On était là tous les trois debout dans le vestibule, ce mec qui m'appelait « mon petit » et qui disait « ta maman », moi avec « vas-y, accouche, c'est quoi le problème ? » inscrit sur ma tronche, et l'autre qui me balançait « ta mère est morte », sans déconner, ça semblait invraisemblable.

En fait, je sais pas, mais rien ne me paraissait naturel depuis que je leur avais ouvert la porte. Ni leur présence, ni leur comportement, ni ce qu'ils disaient. Comme dans une putain de mauvaise série télé.

Gros Rougeaud a pourtant essayé de me convaincre.

– Voilà le certificat de décès de madame Fontan. Et une convocation pour ton père qui va devoir venir reconnaître le corps.

Bon. J'ai pris les deux feuilles qu'il me tendait. Et rien.

Pas de tremblements. Pas un choc. Aucune réaction.

Rien – juste l'impression qu'un truc clochait.

J'ai tout de suite su qu'un truc clochait. Sans savoir quoi. C'est pas que je refusais d'admettre les faits ou que je voulais pas voir les choses en face, non, j'ai immédiatement saisi que tout ça ne me concernait pas.

Ça ne cadrait pas.

J'ai cherché le truc qui déconnait – j'ai pas trouvé.

Les deux flics avaient l'air embarrassé et ça me foutait mal à l'aise.

J'aurais dû jeter un œil sur les feuilles que je tenais à la main pour que le truc me saute à la figure. Mais j'ai rien fait. Je devais être ailleurs. Loin. À attendre que ces flics se cassent.

– Ça va aller, petit ? s'est inquiété Moustachu Fatigué.

J'ignore si j'ai répondu « oui » ou « non » ou quoi.

J'ai juste dégagé sa main de mon épaule et ils sont partis.

Je suis resté là debout dans le vestibule avec ces feuilles à la main.

À me demander ce qui venait de se passer. Naviguant entre « j'y crois » et « j'y crois pas ». Me cognant la tête sans même bouger.

Je sais pas combien de temps je suis resté comme ça. Ni ce que j'ai fait. À part refermer le verrou.

Dans la cuisine, je me suis baissé pour ramasser mon crayon et, quand je me suis redressé, mon crâne a heurté l'angle de la table, putain, ça m'a fait un mal de chien.

J'ai entendu Nina Simone qui chantait dans le salon. La chaîne était pourtant éteinte tout à l'heure. J'avais dû l'allumer sans m'en rendre compte. Après le départ des flics. Et mettre le disque préféré de ma mère.

J'aurais pu téléphoner à mon père. Ou à ma sœur.

Mais je me suis rassis devant mes exercices de géométrie. Et j'ai mâchouillé mon crayon.

*Don't let me be misunderstood* de Nina Simone dans le salon.

J'ai planté mes dents dans le bois du crayon et je l'ai déchiqueté en millions de morceaux.

Des copeaux plein la bouche et le goût du graphite sur ma langue.

Puis le verrou de la porte a claqué – et ma mère est rentrée.

*Son corps est recroquevillé sur un banc du parc. Dans des vêtements bien trop grands pour elle. De la bile et du sang maculent tout le devant de son tee-shirt. En début d'après-midi, quand elle avait encore suffisamment de force, elle est parvenue à se courber pour vomir entre ses pieds sans se tacher. Une fois. Deux fois. Trois fois. Après ça, elle n'a plus trouvé le courage, ni les gestes, ni le sens valable du moindre effort, alors elle s'est laissée aller. Elle s'est pissée et s'est vomie dessus en même temps. Essayant juste de ne pas s'étouffer avec la bile et le sang qu'elle crachait. Le parc est presque vide maintenant. Le gardien oriente les derniers promeneurs vers la sortie avant la fermeture des grilles. « Mademoiselle ? » il lui demande. Elle aurait aimé s'entendre appelée « mademoiselle ». Mais ses oreilles sont vides. Des carapaces opaques lui figent les yeux. Un filet de morve solidifié est suspendu entre ses narines et ses genoux. Le gardien constate qu'elle est morte.*

## 2

Des copeaux de crayon étaient répandus un peu partout. Entre les pages de mon cahier de géométrie. Sur la table. Par terre. Et dans ma bouche.

Je me suis mis à chialer.

À cause de quoi, j'en sais rien, vu qu'il n'y avait plus de raison valable.

Le choc, peut-être, parce que voir débarquer ma mère, aussitôt après avoir entendu dire qu'elle était morte, ça m'a quand même fait bizarre.

J'avais pourtant pas cru une seconde à l'histoire des flics. Mais l'idée avait dû faire son chemin et voilà que ça me faisait sangloter à retardement.

Bon sang, je me suis dit, elle est là, elle vient de rentrer et, en même temps, j'ai imaginé en vrac toutes les choses qui auraient disparu si elle avait vraiment été morte, si c'était arrivé aussi brutalement que les flics avaient voulu me le faire croire, j'ai pensé à un tas de bêtises, à qui me préparerait mon petit déjeuner, qui me pousserait à apprendre mes leçons, qui me régalerait avec ce fameux tiramisu, qui me conseillerait de bons films, qui me soutiendrait contre les reproches de mon père, qui me glisserait sa main dans les cheveux en assurant que c'est pas grave et que je devrais pas m'en faire pour ça, merde, toutes ces conneries ont dévalé de mon crâne alors que des larmes de plus en plus énormes me sortaient des yeux.

Ça n'a pas duré longtemps – juste le temps que ma mère franchisse la distance entre la porte d'entrée et la cuisine.

Elle a fait une de ces têtes :

–Marco ! Qu'est-ce qui s'est passé ?

J'ignore dans quel ordre je lui ai raconté les choses, les flics et le certificat de décès et la main sur mon épaule et debout dans le vestibule et le truc qui déconnait et qu'elle était morte, j'ai dû tout mélanger, mais j'ai fini par lui désigner les deux feuilles que j'avais laissées pliées en quatre sur la table.

Puis – j'ai compris.

J'ai trouvé ce qui ne cadrait pas.

Le truc qui déconnait – et que j'avais pas relevé.

Gros Rougeaud avait dit « le certificat de décès de *madame Fontan* ». Or ma mère ne s'appelle pas *madame Fontan*. Mon père et ma mère ne sont pas mariés. Fontan, c'est le nom de mon père. Le nom de ma mère, c'est pas Fontan, c'est Sandrelli. Après, forcément, vu que ça fait vingt ans qu'ils vivent ensemble, vu que ma sœur et moi on porte le nom de notre père, la plupart des gens l'appellent *madame Fontan*.

Mais sa carte d'identité porte le nom de Sandrelli. Son compte en banque et son permis de conduire portent le nom de Sandrelli. Tous les courriers qui lui sont adressés portent le nom de Sandrelli.

Pour l'administration, pour les impôts, pour la sécurité sociale, elle n'a jamais porté le nom de *Fontan*.

Alors pareil pour la police – sauf que, sur le coup, j'avais pas fait gaffe.

– Ils ont dit que t'étais morte… j'ai répété les yeux secs.

Elle a attentivement lu les deux feuilles et elle les a reposées avec embarras.

Je me suis concentré sur les triangles de mon cahier de géométrie pour éviter que mes larmes ne reviennent.

Elle s'est approchée de moi et a passé ma tête entre ses bras pour me serrer contre elle tout en glissant sa main dans mes cheveux et j'ai pas pu me retenir davantage, j'ai recommencé à pleurnicher à cause de ça, à cause de ses gestes, à cause du pire qui aurait pu arriver, à cause de mon imagination qui filait à l'envers.

– C'est rien… elle a juste dit.

J'ai presque crié :

– Comment ces connards se débrouillent pour annoncer un truc pareil à une mauvaise adresse ?

Ma mère s'est écartée de moi.

Elle a tourné le dos pour attraper un verre dans le placard. Elle a sorti la bouteille d'eau du réfrigérateur. Elle est revenue vers la table en grimaçant.

Puis elle a dit :

– Ils ne se sont pas trompés d'adresse.

Elle me regardait sérieusement et j'ai aussitôt arrêté de pleurer.

– Comment ça ?

Elle a détaché ses yeux des miens pour remplir son verre.

De la maladresse dans ses mouvements – ce qui signifiait « je suis mal à l'aise ».

Elle a bu deux ou trois gorgées et a pointé un doigt sur les deux feuilles :

– Ton père s'est marié avec cette fille.

Merde – sans rigoler ?

Elle rigolait pas.

– Qu'est-ce que tu racontes ?

– Ton père s'est marié avec cette fille il y a dix ans.

Merde alors – n'importe quoi.

– Mais qu'est-ce que tu racontes ? Ça fait vingt ans que vous vivez ensemble…

À croire que mon père menait une double vie – c'était grotesque.

Ma mère a avalé une nouvelle gorgée d'eau et a souri :

– Il a fait un mariage blanc.

– Un mariage blanc ?

– Un faux mariage. Pour des papiers.

– Je sais bien ce qu'est un mariage blanc ! Mais je vois pas ce que papa…

J'avais haussé le ton sans m'en rendre compte – je ne suis pas allé au bout de ma phrase.

– Pour permettre à cette fille d'obtenir la nationalité française ! a simplement expliqué ma mère.

Merde alors – à croire que mon père se souciait des sans-papiers, tu parles, c'était encore plus risible que le reste.

– Il la connaissait ?

– Même pas.

– Alors quoi ? Il a fait ça comme ça ?

Elle est allée rincer le verre dans l'évier – sans me répondre.

J'ai insisté :

– T'es en train de me dire que papa se préoccupait du sort des sans-papiers ?

– Pas vraiment.

Elle ne souriait plus.

– On avait deux loyers de retard... Ça a permis à ton père de les régler.

– Je vois pas comment.

– Il a fait ça pour mille cinq cents euros.

Voilà – ça sonnait plus juste.

J'ai ricané méchamment :

– Évidemment. Il pouvait pas faire ça pour autre chose que du fric.

– Tu connais ton père...

– Tu parles ! j'ai craché. Je savais même pas qu'il était marié !

Merde – qui le savait ?

– Est-ce que Sabrina est au courant ?

Ma mère a secoué la tête :

– Ta sœur ignore cette histoire autant que toi.

– Pourquoi vous nous avez rien dit ?

– Ce n'est pas ce qu'on appelle un secret… a estimé ma mère. C'est juste un détail dont on a préféré ne pas vous parler parce que vous étiez trop petits à l'époque. Et il valait mieux rester discrets sur ce genre de pratique.

Quatorze moins dix égale quatre – j'avais quatre ans quand mon père a fait ça.

– Et après ? Vous auriez pu nous le dire plus tard à un moment ou à un autre !

Elle a haussé les épaules.

– Cette histoire nous est tout simplement sortie de la tête.

– Tout simplement…

– Écoute Marco, ton père a seulement vu cette fille à la mairie le jour où ils ont fait ce mariage, ça n'a même pas duré une heure. Tu crois peut-être que ça nous a marqués et que ça nous a empêchés de dormir ? Absolument pas. On a aussitôt oublié son existence et notre vie a continué exactement comme avant.

J'ai encaissé ça sans broncher.

La base et le sommet des triangles – sur mon cahier de géométrie.

Ma mère a posé ses mains à plat sur la table et je suis resté tête baissée.

« Soit un triangle *ABC* et deux points *D* et *E* des droites (*AB*) et (*AC*). Si la droite (*DE*) est parallèle à la droite (*BC*) alors : AD/AB = AE/AC = DE/BC » – ce foutu théorème de Thalès.

On a attendu que ma sœur rentre du lycée. Pour lui raconter la même histoire. Sans davantage de détails.

Sabrina a patiemment écouté ma mère avant de conclure :

– Qu'est-ce que tu veux que ça me foute ?

J'ai laissé tomber mes exercices. J'ai filé dans ma chambre. J'ai plié et rangé des tee-shirts propres. J'ai trié mes stylos et mes crayons. J'ai classé mes revues de cinéma. Et j'ai allumé mon ordi.

L'idée de taper « mariage blanc » sur Google m'a traversé l'esprit – mais je me suis contenté de regarder des bandes-annonces de films.

J'ai entendu mon père arriver. J'ai entendu ma mère lui annoncer les choses. J'ai entendu leurs voix baisser.

Quelques mots me sont parvenus – je les ai entendus prononcer des mots comme « oubli » et « souvenir ».

Mon père est entré dans ma chambre. Il n'entre jamais dans ma chambre. Il est entré et il a cherché par quel bout commencer.

– Comment ça va Marco ?

– Ça va... je lui ai fait en gardant les yeux rivés sur mon ordi.

Il a hoché la tête et a déclaré piteusement :

– Je suis désolé.

– Ouais.

– J'aurais dû te raconter ça plus tôt.

– Ouais.

– Bon.

Voilà – il est retourné à la cuisine et c'est tout.

On a dîné tous les quatre sans même aborder le sujet.

– Quel âge avait cette fille ? j'ai fini par demander au moment de débarrasser.

Mon père a sursauté.

Ma mère a répondu à sa place :

– Vingt-neuf ans.

J'ai fait un calcul rapide – elle avait quinze ans de plus que moi et quinze ans de moins que mon père.

Les deux feuilles étaient toujours pliées en quatre sur un coin de la table.

Je suis allé me coucher et je me suis endormi assez vite.

Sauf que – je me suis réveillé en pleine nuit.

Aucun bruit dans l'appartement.

Je me suis levé. J'ai traversé le couloir dans le noir. J'ai allumé la cuisine.

J'ai soigneusement déplié les deux feuilles.

Et j'ai lu à haute voix le prénom de cette fille – « Anka ».

*Elle parvient à gagner un banc sur lequel elle s'affale maladroitement. Ses jambes ne semblent plus vouloir lui obéir. À cause du soleil et du reste. Une grosse veine verte enfle démesurément sur sa tempe droite. Mouvante comme un lézard. Au rythme des coups sourds qui lui emplissent le crâne. Elle se plie soudain en deux et vomit bruyamment entre ses genoux. Les gens qui profitent du soleil sur les pelouses détournent les yeux. Un gamin intrigué s'approche mais son père en panique l'attrape vivement par un bras pour le tirer à l'écart. Seuls les ouvriers qui ravalent la façade du musée des Beaux-Arts s'inquiètent. Deux d'entre eux descendent des échafaudages pour lui demander si ça va. Elle ne leur répond pas. Elle ne les regarde même pas. Elle n'arrive plus à lever les yeux. Elle hoche mollement la tête. Ce hochement de tête ne signifie rien de plus que : « Je suis encore vivante ». Les deux ouvriers ne savent pas comment réagir. « Hey ! leur vocifère le chef de chantier. Vous allez vous sortir les doigts du cul ! » Ils retournent travailler. Elle reste immobile.*

# 3

La radio allumée sur France Inter – comme tous les matins.

Un yaourt. De la confiture de myrtilles. Du beurre sur des tranches de pain.

« Sarkozy reste inflexible», « Sarkozy soutient le Premier ministre », « Sarkozy demande aux Français de faire un effort » – « Sarkozy » en veux-tu en voilà !

J'ai déjeuné sans décrocher un mot face à ma mère et mon père.

– Quel est le problème ?

– Tout va bien ! je leur ai assuré.

Et j'ai aussitôt filé chercher mon sac pour me rendre au collège.

Ma sœur était déjà partie depuis un moment – elle avait une bonne demi-heure de bus à se taper pour le lycée.

J'ouvrais la porte quand mon père m'a retenu :

– Marco !

– Quoi ?

– Attends ! Je vais t'accompagner…

– Comment ça tu vas m'accompagner ?

– En voiture.

Sans déconner – le collège est à dix minutes à pied et j'y vais seul depuis toujours.

– Qu'est-ce qui te prend ? je lui ai fait.

Il a consulté ma mère du regard – « Est-ce que tu crois que c'est vraiment nécessaire ? »

J'ai pas bien compris leur manœuvre.

– Je vais t'accompagner en voiture ! a simplement répété mon père – et j'ai simplement compris que j'avais pas le choix.

On a descendu les étages en silence.

Il a attaqué après avoir mis le moteur en marche :

– J'ai l'impression que cette histoire te travaille… Est-ce que je me trompe ?

– Quelle histoire ?

– Marco, évite de me prendre pour un con, tu sais très bien de quoi je parle.

Le moteur ronronnait – la voiture encore immobile sur la place du parking, le levier de vitesse au point mort, mon père attendant je ne sais quoi.

– Je reprends : « Est-ce que cette histoire te travaille ? »

– J'ai pas encore eu trop le temps d'y penser…

– T'es sûr ? Ta mère est pourtant persuadée du contraire. Elle lit sur ton visage comme dans un livre alors elle ne doit pas se tromper !

Il a enclenché l'embrayage et a pris la direction du collège :

– Donc si tu as des questions à me poser, profites-en, je peux y répondre.

J'ai réfléchi – et là, seul avec lui, alors que les immeubles de la cité défilaient, j'ai pas trouvé quoi lui demander.

– Tu veux peut-être savoir pourquoi j'ai fait ça ? il a suggéré.

– Maman m'a dit pourquoi t'as fait ça : pour mille cinq cents euros !

Au bout de la rue – à droite.

– Ouais. On avait déjà des problèmes de pognon à l'époque.

– Je savais pas qu'on pouvait gagner du fric comme ça.

– Moi non plus. Mais il se trouve que l'occasion s'est présentée…

– Ah ouais ? Alors que tu ne connaissais même pas cette fille ?

Le feu devant le supermarché – rouge.

– Il y a des gens pour s'occuper de ça… a lâché mon père.

– S'occuper de quoi ?

– D'organiser des mariages de ce genre, entre deux personnes qui ne se connaissent pas, pour fournir des papiers aux clandestins.

Il a attendu que le feu passe au vert avant de préciser :

– En échange de pognon.

– Et tu connais des gens dont c'est la spécialité ?

–Un ami trempait dans ces trucs-là. Il savait que j'avais besoin d'argent.

–Et il a estimé que tu ferais un bon mari ? j'ai ironisé.

–Non. Il proposait ça à n'importe qui. Enfin, pas vraiment à n'importe qui, plutôt à ceux qui étaient capables de fermer leur gueule pour ne pas ébruiter la magouille.

« Ami » et « magouille » – ça a fait écho.

–Tu es en train de parler de Francis ?

–Oui.

Francis – son camarade plein de vilaines combines.

J'ai commenté sans crainte :

–Il a dû s'en mettre plein les poches…

–Tout le monde y gagnait ! a rétorqué mon père.

Le rond-point au bout du quartier – prendre à gauche.

–Tu parles, j'ai pas l'impression que cette fille y a gagné grand chose.

Il s'est crispé :

–Ça lui a permis d'obtenir le droit de rester en France sans risquer de se faire expulser, tu peux pas imaginer ce que ça vaut, je peux te dire que c'est déjà pas mal !

Voilà le collège – juste là.

Je ne suis pas sorti de la voiture. Je suis resté assis sur le siège. À faire traîner. Sans savoir ce qui me retenait. À vouloir creuser.

–Comment elle est morte ?

–Comment veux-tu que je le sache ?

–Elle venait de quel pays ?

–Roumanie.

–Pour faire quoi ?

–J'en sais rien, bon sang ! Pour travailler, je suppose…

–Tu veux me faire croire que tu ne savais rien de cette fille ?

–C'est le cas ! s'est énervé mon père. Aussi curieux que ça puisse te paraître !

Il a contemplé un moment ses mains posées sur le volant avant de confier :

–Je ne connaissais pas grand chose de plus que son nom et son prénom. Je savais juste qu'elle avait dix-neuf ans, qu'elle était en France depuis moins de six mois, qu'elle n'avait pas de famille ici, qu'elle logeait dans un foyer de jeunes travailleurs, et qu'elle cherchait une formation dans les métiers de la restauration. Point. Je ne vois pas pourquoi ça t'intéresse autant ! Ni ce qui te pose problème !

Des camarades patientaient devant le portail du collège. J'ai aperçu Marion. Samir. Malika et Vincent. En train de rigoler.

–Tu ne l'as jamais revue ?

La question a surpris mon père.

Il a plissé les yeux et s'est mordu les lèvres – genre « je réfléchis intensément ».

–Ça y est, Marco, je sais ce qui te travaille ! il a déclaré en se tournant vers moi.

– Ah ouais ?

– Ouais. Tu crois que j'ai trompé ta mère avec cette fille.

Merde – ça ne m'avait même pas traversé l'esprit.

– C'est ridicule… il a jugé.

Je me suis contenté de répéter :

– Tu ne l'as jamais revue ?

Il a empoigné le levier de vitesse pour passer la marche arrière et a bifurqué vers le centre ville.

– Où tu vas ?

– Je vais satisfaire ta curiosité jusqu'au bout ! il a répondu froidement.

On a rejoint la voie rapide. On a dépassé la zone commerciale de Grand Littoral. On a emprunté les ruelles qui longeaient les quais.

Il a pilé sur la place de la Joliette :

– Tu vois le troquet, là ?

Un PMU – juste à l'angle.

– Ouais.

– Je l'ai revue ici, un matin, huit mois après le mariage, pour signer des papiers administratifs. On était assis à la première table près de la vitre. On a pris un café chacun. Ça a duré moins d'un quart d'heure. Et je ne l'ai plus jamais revue.

Il a appuyé avec force sur les trois derniers mots.

J'ai consulté l'heure sur le tableau de bord :

– Je vais être en retard maintenant.

Il m'a ramené devant le collège sans plus rien dire.

– Merci… j'ai marmonné.

Je suis descendu et j'ai claqué la portière mais je l'ai rouverte aussitôt et j'ai regardé mon père :

– Tu vas aller à la morgue pour reconnaître le corps ?

– Oui.

– Quand ça ?

– Pas plus tard que tout de suite.

Je me suis concentré sur les reflets du pare-brise pour trouver le courage de poser la question suivante :

– Est-ce que je peux venir avec toi ?

– Certainement pas.

Il est parti et je suis resté là sur le trottoir avec l'envie de me faire emporter par des bourrasques.

*Une quinte de toux la soulève carrément du sol et elle manque de se faire renverser par le tramway sur la place des Réformés. Le visage ahuri des passants autour d'elle. Elle a du mal à marcher mais rejoint le boulevard de la Libération. En direction du cabinet médical social. Ouvert vingt-quatre heures sur vingt-quatre. Sept jours sur sept. Elle tousse et tangue et hoquette. Des glaires hors de la bouche. « Vous avez visiblement la tuberculose » lui déclare le médecin. Elle le regarde fixement. « Savez-vous ce que c'est ? » lui demande-t-il. Elle hoche la tête et de curieuses connexions lui font répondre : « On m'a craché dessus… » « Pardon ? » « On m'a plusieurs fois craché dessus » répète-t-elle un ton plus haut. Le médecin sourit gentiment : « Avez-vous de la famille ? » Elle se lève et s'en va. « Madame ! » tente-t-il de la retenir. Mais elle est déjà dehors.*

# 4

À faire le con sans retenue – toute la matinée.

En classe. Délirant à plein tube. Dans les grandes largeurs.

Alors que la prof d'anglais nous bourrait le crâne avec ses verbes irréguliers :

– *To fight, fought, fought.*

Rien à secouer – je boxais le vide au-dessus de mon cahier.

– Monsieur Fontan !

– Ouais…

– Êtes-vous capable de répéter ce que je viens de dire ?

– *To fuck, fucked, fucked.*

– Mais bien sûr ! Donnez-moi votre carnet de correspondance ! Vos parents profiteront de l'étendue de votre vocabulaire en anglais !

À rigoler-bavarder-chahuter. À perturber les cours. À faire chier le monde.

Fidèle à mes habitudes – mais un cran plus haut.

Malgré les avertissements. Malgré les heures de colle. Malgré deux visites chez le CPE en moins de deux heures.

Alors que monsieur Legrand traçait des droites et définissait des segments.

Monsieur Legrand – notre prof de maths et ses putains de triangles :

– Qui peut me démontrer que la base du triangle ABC est parallèle à…

– Parallèle à ta raie du cul ! j'ai lâché assez fort pour être entendu.

Ça l'a rendu dingue – il a piqué une suée et a hurlé en me désignant la porte :

– Dehors Fontan ! Votre insolence atteint aujourd'hui des sommets ! Trois heures de retenue vendredi prochain vous calmeront peut-être !

À me moquer de sa colère. À prendre ça pour une victoire. À savourer les éclats de rire de mes camarades.

Alors que madame Marceau écrivait au tableau – « La France, puissance européenne et mondiale ».

– C'est le titre de la dernière partie de notre programme en géographie ! elle a annoncé sans avoir l'air d'y croire.

Madame Marceau est une prof que j'aime bien – elle est jeune et jolie et elle nous montre parfois des films.

J'ai pas foutu le bordel pendant son cours. J'ai juste sorti deux ou trois vannes et je me suis contenté de gribouiller sur une feuille.

« La France, puissance européenne et mondiale » – ça ne rimait à rien.

J'ai regardé la robe mauve de Marion devant moi. La nuque de Vincent. Les épaules de Malika. Les baskets à paillettes de Samir.

« Les traités de Rome » et « le Marché commun » – rien à branler.

Je me suis rappelé de certaines images. Le landau dévalant les escaliers d'Odessa dans *Le Cuirassé Potemkine*. Les soldats fusillés dans *Les Sentiers de la gloire*. Le Vietnam au napalm dans *Le Fond de l'air est rouge*. Des images issues des films que madame Marceau nous avait projetés pour illustrer ses histoires.

Elle a interrompu sa leçon pour me demander :

–Es-tu parmi nous Marco ?

–Non.

–Je te rappelle que le conseil de classe du dernier trimestre est la semaine prochaine. Que les épreuves du brevet commencent dans un mois. Et que tes résultats sont encore insuffisants pour que tu le décroches avec aisance ou pour que tu passes en seconde !

–Et alors ?

Elle a plissé les yeux sans comprendre.

–Et alors ? j'ai répété. Et après ?

Je me suis levé et je suis sorti de la salle.

Cette matinée ne valait rien.

J'ai traîné dans les couloirs en attendant la sonnerie.

Mon attitude ne valait rien.

Le brevet dans trois semaines et mes notes qui ne tenaient pas la route.

Ma scolarité ne valait rien.

Et mes camarades – des baskets à paillettes et des éclats de rire.

La cour était déserte.

Le soleil tapait à plein régime.

La robe mauve de Marion allait briller.

Encore deux heures de français cet après-midi – ça ne signifiait rien.

J'ai traversé la cour et je suis passé par-dessus le portail en croyant trouver mieux de l'autre côté.

*Les lanières de ses sandales sont brisées. Elle est obligée de traîner des pieds pour ne pas les perdre à chaque pas. Ça rend sa démarche maladroite. Elle traverse la rue sans tenir compte des feux de signalisation. Des véhicules klaxonnent et des chauffeurs vocifèrent. Il fait si chaud que le bitume ramollit par endroits. Elle porte un vieux sac de sport en bandoulière. Dans lequel elle a mis le strict minimum. Ses papiers. Des chewing-gums. Une brosse à dents. Une petite trousse de maquillage. Une savonnette emballée dans du papier alu. Des comprimés de paracétamol. Des feuilles de cigarettes et un paquet de tabac. Elle parvient sur la place des Réformés. En plein soleil. Elle plonge ses deux mains dans la fontaine pour se rafraîchir. Un chien jappe. Elle plisse les yeux. Les terrasses des cafés sont bondées. Elle ne se souvient plus pour quelle raison elle est là.*

# 5

De retour à la maison – je pensais être au calme.

Seul et tranquille.

Sauf que – je suis rentré et j'ai trouvé un mec presque à poil dans la cuisine.

En slip. Devant le réfrigérateur. Un carton de lait éventré à ses pieds.

Najib – le copain de ma sœur.

Un des connards du club de boxe qui jouaient les gros bras dans la cité.

Il a tellement flippé en entendant la porte de l'appartement s'ouvrir qu'il a avalé de travers et a tout renversé.

Lui qui se prenait pour Muhammad Ali, « plus rapide qu'une abeille » il se vantait toujours en sautillant sur les trottoirs du quartier, tu parles, un vrai manchot.

J'ai ricané.

– Bordel ! il a soufflé en me reconnaissant. Tu m'as foutu les jetons !

Ma sœur est sortie complètement échevelée de sa chambre. En train de se rhabiller précipitamment. Le visage écarlate et les traits pleins de panique.

Ouf ! – elle a constaté que ce n'était que moi.

–Qu'est-ce que tu fous là ? elle m'a hurlé.

–Faut croire que je suis en train de sécher ! Exactement comme toi. Mais visiblement pas pour faire la même chose…

C'était la première fois qu'un truc pareil nous arrivait – se retrouver ensemble à la maison alors qu'on aurait dû être en cours.

Sans compter que je la surprenais limite en train de niquer.

Najib a décidé de prendre la tangente :

–Bon ! Je vais me tailler avant que tout le reste de ta famille débarque !

J'ai désigné les flaques de lait répandues entre ses pieds :

–T'as intérêt à nettoyer tes éjaculations…

–Compte là-dessus ! il m'a retourné en gonflant ses pectoraux pour frimer. Je remets juste mes fringues et je me casse !

Il a enfilé son survêt pendant que Sabrina épongeait ses conneries.

–Tu viens ? il lui a demandé avant de sortir.

Elle s'est arrangé les cheveux devant le miroir du vestibule et m'a glissé :

–Je te conseille de pas raconter ça aux parents.

–C'est une menace ?

Elle a dévalé la cage d'escaliers derrière Najib sans me répondre.

Et là – une fois la porte fermée.

J'ai remarqué le sac.

Juste là – dans le vestibule.

Le sac qui traînait.

Un vieux sac de sport – par terre.

Je me suis penché par la fenêtre du salon pour interpeller Najib à la sortie de l'immeuble :

– Hey ! Espèce de con ! T'oublies ton sac de sport !

Il a levé les yeux vers moi – deux étages nous séparaient mais j'ai bien vu le point d'interrogation inscrit sur son visage.

– De quoi tu parles ? J'ai pas de sac de sport !

– Il y a un sac tout pourri dans l'entrée.

– Il était déjà là quand on est arrivés ! a dit ma sœur.

Et ils ont tourné le dos.

Alors – je sais pas comment.

J'ai fait le lien.

Évidemment – entre cette histoire et ce sac posé là.

Les flics et ce mariage blanc et mon père qui avait dû passer à la morgue ce matin pour reconnaître le corps.

Et ce vieux sac de sport usé – « les effets personnels de la victime » comme on dit.

Mon père qui avait dû en hériter ce matin. À la morgue. Et qui avait dû repasser le déposer à la maison pour ne pas le traîner avec lui toute la journée.

Les effets personnels de la victime – juste là.

J'ai pas cogité longtemps.

Tu parles – je ne pouvais pas faire autrement que d'ouvrir ce sac.

Je l'ai porté sur la table de la cuisine.

Il était sale. La fermeture brisée. Un trou là et un autre là. Des taches et des estafilades et de sombres traînées.

Dedans – pas grand chose.

Du tabac. Des feuilles de cigarettes. Des chewing-gums à la chlorophylle. Une brosse à dents dégueulasse. Un tube de dentifrice. Une petite trousse avec du rouge à lèvres et du noir pour les cils et un petit miroir cerclé de rose. Un peigne. Une épingle à cheveux. Un paquet de mouchoirs en papier. Une savonnette emballée dans du papier alu. Et un briquet. Et une carte téléphonique. Et un stylo à bille.

Au fond – quelques fringues.

Un tee-shirt bleu pâle roulé en boule. Un débardeur vert déchiré. Un short jaune.

Et merde – deux petites culottes.

Je sais pas ce qui m'a pris, non, vu la situation, mais je les ai soigneusement dépliées et je les ai regardées.

Une noire qui semblait propre.

Et une blanche – sale.

Bon.

J'avais déjà eu l'occasion de remarquer les petites culottes de ma mère ou de ma sœur sécher sur le fil à linge.

Sauf que – aucun rapport.

J'avais jamais vu d'aussi près les culottes d'une femme que je connaissais pas.

Sauf que – elle était morte.

Ça ne m'a pas excité.

Du moins – pas tout de suite.

Pas avant que je découvre sa photo.

Dans une poche intérieure du sac – des papiers.

Une carte de Pôle emploi. Une carte de bibliothèque. Une carte de groupe sanguin.

Et – un permis de séjour.

Nom : Anka Fontan. Nom de jeune fille : Anka Petrescu.

La voilà – une photo d'identité sur le permis de séjour.

Deux yeux noirs braqués droit devant et un sourire jusque-là.

« Née le 27 janvier 1982 à Bucarest. »

De bruns cheveux lisses et une fossette sur la joue gauche.

« Mariée à Thomas Fontan le 12 février 2001 à Marseille. »

Jeune et jolie. Le visage rayonnant. Des bourrasques d'étincelles au-delà de la photo.

Je suis resté un moment devant.

Me disant – merde ! Me disant – cette fille est morte. Me disant – et après ?

J'ai consulté les autres papiers.

Une lettre de la caisse d'allocations familiales et une lettre de la caisse primaire d'assurance maladie.

À son nom.

Avec une adresse – 23 rue Consolat dans le 1er arrondissement.

*Il y a quelque chose de froid quelque part en elle. Alors que le soleil écrase la ville entière. L'hiver est bien fini, maintenant. Mais il y a comme des blocs de givre dans son corps. Elle a traîné son vilain rhume quatre ou cinq mois, ses glaires se sont teintées de sang au début du printemps, elles étaient claires d'abord, puis elles sont devenues de plus en plus rouges, et elles sont désormais aussi vives que des ouïes de truites sauvages. Elle déambule parmi les tremblements et les convulsions. Alors que le soleil cogne avec fureur. Elle remarque le bout noirci de ses ongles et entreprend de se les curer avec le coin en carton de son paquet de feuilles de cigarettes. Seule silhouette immobile au milieu de la rue piétonne envahie de gens agités. Il y a quelque chose de froid qui lui glace le ventre et qui semble s'étendre partout en elle. Jusque dans le creux de ses gencives. Elle laisse brusquement tomber ses ongles et se remet à marcher. Des fourmis dans les jambes. Elle pose une main contre une vitrine. Pour reprendre son souffle. Elle pose une main contre une vitrine étincelante et les rayons du soleil semblent lui marcher dessus.*

# 6

Un bâtiment en bon état – sauf au niveau du troisième et dernier étage.

J'avais pris le bus et le tramway pour arriver jusque-là. Avec une avalanche de questions. Qu'est-ce que tu fais ? Qu'est-ce que tu cherches ? Qu'est-ce que tu veux ? Aucune réponse sensée sur le trajet. Mais rien pour me faire reculer.

Des volets neufs et du double vitrage à toutes les fenêtres – hormis celles du troisième étage dont le bois des persiennes se morcelait et où un panneau de carton remplaçait un carreau cassé.

Voilà, je me suis dit, c'est là.

Et une certitude en remarquant le délabrement des fenêtres du dernier étage – c'est derrière ces fenêtres-là qu'elle habitait.

J'avais son permis de séjour dans une poche. Au cas où. Je n'avais pas cessé de le tripoter. Pendant tout le trajet. Dans le bus et dans le tramway. Faisant glisser mes doigts sur sa photo. Comme pour me familiariser avec. Ou alors juste pour ne pas faire demi-tour.

Et me voilà devant la porte maintenant – sans même plus me demander pourquoi j'étais venu jusque là.

Quatre sonnettes dans l'embrasure.

Toutes avec un nom gravé sur une petite plaque de métal en arc de cercle – sauf la dernière.

Pas de plaque sur la dernière, même pas de nom, rien que les traces d'une étiquette arrachée.

C'est sur celle-là que j'ai appuyé pour sonner.

Un « clac ! » et un bourdonnement – et j'ai aussitôt poussé la porte qui venait de se déverrouiller.

Une entrée étroite. Des tomettes au sol. Une rangée de boîtes aux lettres. Des murs ocre. Un seau vide dans un coin.

Une voix du haut des escaliers :

– Qui c'est ?

Je me suis tordu la tête par-dessus la rambarde pour mater les étages.

En contre-plongée sur le dernier palier – une bonne femme noire avec un foulard sur la tête.

– Qui c'est ? elle a répété.

Je lui ai fait un signe de la main :

– Je suis un voisin... Je peux monter vous voir ?

Elle a plissé les yeux – elle a dû constater que je n'avais rien de menaçant.

J'ai mollement gravi les marches.

De nouveau assailli par le doute – qu'est-ce que je fous là ?

– Il y a un problème ? m'a demandé la bonne femme quand je suis arrivé à sa hauteur.

Elle devait avoir l'âge de mes parents. Elle tenait une paire de ciseaux. Des malles étaient entassées les unes sur les autres près de sa porte.

– Je suppose que vous aménagez… j'ai dit.

– Pas du tout. Je déménage. Ça fait à peine deux mois que je suis là, mais c'est trop petit, c'est trop cher, et le propriétaire est trop con.

Elle a pointé un index vers le ciel pour ajouter :

– Et vu que cet appartement merdique est juste sous les toits, il fait trop chaud l'été, et j'ai pas envie d'attendre l'hiver pour constater qu'il fait aussi trop froid.

Sur chaque malle figuraient des inscriptions – « fringues », « draps », « livres », « vaisselle ».

– Qu'est-ce que tu veux ?

Merde – la question sans réponse que je me posais depuis le début.

J'ai joué franc jeu :

– Je voulais savoir si Anka Fontan habitait ici…

– Qui ça ?

– Anka Fontan.

La bonne femme a fait mine de réfléchir avant de lâcher :

– C'est le nom de la locataire précédente.

– Vous la connaissiez ?

– Non. Mais elle reçoit encore du courrier à cette adresse.

Toujours le même écho persistant sous mon crâne – qu'est-ce que je fous là ?

Planté sur le palier avec les malles.

Et une évidence – j'avais rien à foutre ici.

– Tu la cherches ? m'a lancé la bonne femme.

J'ai secoué la tête – sans parvenir à m'empêcher de dire clairement :

– Elle est morte.

Ses épaules se sont affaissées et elle m'a regardé tristement :

– Je suis désolée.

Je n'étais pas spécialement triste, moi, je ne savais pas sur quel pied danser, à me demander ce que je cherchais et ce que je voulais, caressant la photo du permis de séjour dans ma poche, Anka Fontan dans ma tête, nom de jeune fille Anka Petrescu, merde, alors que je ne connaissais pas cette fille, alors que je connaissais encore moins cette bonne femme dont les yeux tristes me donnaient presque envie de chialer.

– C'est pas grave… j'ai dit.

Et je m'en suis aussitôt voulu alors j'ai étalé en vrac :

– Écoutez, je sais pas trop pourquoi je suis là, je voulais peut-être juste voir où elle habitait, parler avec quelqu'un qui la connaissait ou quoi…

La bonne femme a essuyé son front couvert de sueur à la lisière de son foulard :

– Elle avait laissé traîner quelques affaires ici… Pas grand chose. Un peu de linge et quelques babioles… Le propriétaire a tout récupéré.

Merde – qu'est-ce que ça pouvait me foutre ?

–Il habite au rez-de-chaussée… elle m'a indiqué.

Bon – j'en ai profité pour prendre la tangente.

Elle m'a jeté pendant que je dévalais les marches :

–Fais quand même gaffe !

–À quoi ?

–Ce propriétaire est un vrai connard !

Sûr que je serais directement rentré chez moi sans passer voir le propriétaire si je ne l'avais pas entendue dire ça.

Mais « un vrai connard » – ça m'a excité.

Par curiosité, peut-être, histoire de voir, ou juste l'envie de mettre les pieds là où il ne fallait pas, avec mon esprit tordu qui me poussait toujours à gueuler quand le silence s'imposait ou à toucher les clôtures électriques pour vérifier si elles étaient branchées, ou alors c'est la simple idée de faire une connerie qui m'a attiré.

Au rez-de-chaussée – une large porte en bois avec poignée de cuivre étincelante.

J'ai frappé lourdement.

Un homme a ouvert – un type rabougri d'une cinquantaine d'années.

–Oui ?

Des cheveux maladroitement étalés sur le crâne pour tenter de camoufler sa calvitie, des petits yeux de musaraigne, des lèvres sèches dont les commissures tombaient vers le sol – une vraie tête de con.

–Je viens récupérer les affaires d'Anka Fontan ! je lui ai annoncé comme une évidence.

De l'incompréhension dans son regard :

– Où est-elle ?

– Elle est morte.

De la déception sur son visage – un quart de seconde.

Puis il a fait une moue dégueulasse :

– Je vais chercher les saletés qu'elle a abandonnées.

Une de ses mèches de cheveux a virevolté quand il s'est retourné pour aller farfouiller quelque part à l'intérieur de son appartement.

Je me suis vu lui sauter dans le dos, ouais, et l'attraper par sa pauvre tignasse, comme ça, pour lui cogner sauvagement et gratuitement le crâne contre la poignée rutilante de sa porte – sauf que, non, évidemment, je suis resté là à patienter sagement.

Il est revenu avec un grand sac en plastique presque vide :

– Je suppose que c'est quelqu'un de votre famille ?

Merde – il me vouvoyait.

– C'était ma cousine… j'ai improvisé.

Il m'a tendu une enveloppe en me précisant :

– Il y a là-dedans les photocopies de toutes les lettres recommandées que je lui ai adressées : les réclamations des trois mois de loyers qu'elle me doit et sa mise en demeure.

– Qu'est-ce que vous voulez que j'en fasse ?

Ma question l'a surpris – il semblait ne pas la comprendre.

– Vous remettrez ce courrier à vos parents et ils se chargeront de me régler courtoisement ce que me devait votre cousine ! il a finalement rétorqué.

J'ai pris l'enveloppe et le grand sac et je me suis dirigé vers la sortie sans le remercier.

Stop et demi-tour – devant la rangée de boîtes aux lettres.

– Quel est votre nom ? je lui ai demandé.

– Monsieur Lalande, mais ne vous inquiétez pas, il figure avec mon adresse sur les documents que j'ai fait photocopier.

Cause toujours connard – j'ai déchiré l'enveloppe et j'en ai glissé les morceaux dans sa propre boîte aux lettres.

– À qui vais-je réclamer les loyers impayés de cette salope ? je l'ai entendu vociférer dans mon dos alors que je filais en claquant la porte.

Dehors – le soleil comme un marteau et le trottoir comme une enclume.

Des poubelles éventrées. Des canettes de bière vides. Et des merdes de chien luisantes.

*Une barrette dans les cheveux et un peu de rouge sur les lèvres. Pour faire bonne impression. Elle doit récupérer quelques affaires. Pas grand chose. Mais des choses dont elle a désormais un grand besoin. Comme des vêtements propres. Le propriétaire ne lui avait même pas laissé le temps de rassembler quoi que ce soit quand il l'avait mise dehors. Il a sûrement tout jeté, depuis, ou bien il a tout vendu pour en tirer un peu d'argent. Elle remonte la rue Consolat étroite et sale. Un chat se prélasse sur le couvercle d'une poubelle. Elle observe ses cheveux dans les vitres d'une voiture et se recoiffe sommairement avant de sonner. « Tu m'apportes tes loyers de retard ? » vocifère le propriétaire aussitôt la porte ouverte. Elle n'a pas le temps de dire le moindre mot. Il lève une main comme pour lui balancer une gifle. Elle lui crache en plein visage et part en courant. Le chat s'immobilise sur la poubelle. Elle lui hurle des insultes en roumain. La lanière d'une de ses sandales se brise contre le rebord du trottoir.*

## 7

Dans le sac en plastique – presque rien.

Je me suis rendu au café PMU de la place de la Joliette pour l'ouvrir. Le café devant lequel mon père m'avait conduit le matin même. Là où il avait vu cette fille pour la dernière fois dix ans plus tôt.

« On était assis à la première table près de la vitre » – je me suis installé à la même table.

J'ai commandé un sirop d'orgeat et j'ai déballé le contenu du sac.

Presque rien – une jupe froissée, des bracelets, une paire de sandales, un réveil.

Quelques cartes postales. Toutes écrites en roumain. Toutes expédiées de Roumanie. Toutes signées « Lucian ».

J'ai constaté que le roumain ressemblait vaguement à l'italien.

L'italien – ma seconde langue vivante et mes seuls bons résultats scolaires.

La langue maternelle de ma mère.

Mais j'ai pas cherché à déchiffrer les cartes – j'ai consulté le reste.

Deux livres. Également en roumain. *Un activist al suferintei* et *Fotbalul joc de barbati* de Ion Baïescu. Un auteur que je ne connaissais pas.

J'en ai lu les titres à haute voix.

« *Suferintei* ». Proche de « *sofferenza* » en italien. « Souffrance ».

Au fond du sac en plastique – un cadre.

Un cadre en bois.

Dans ce cadre – une photo.

Une photo de mariage.

Un homme et une femme – les mariés, de profil, les yeux dans les yeux.

En train de s'embrasser.

Merde – c'est mon père sur la photo.

Mon père avec dix ans de moins.

Et c'est elle – ses cheveux noirs et sa fossette sur la joue gauche.

Anka. Encore plus belle que sur la photo de son permis de séjour. Des étincelles plein le visage.

Je me suis cogné les dents contre le verre en avalant mon sirop d'orgeat. Merde. J'ai maté la photo de plus près. Attentivement. Mon père à trente-quatre ans. Merde. Alors que je ne pouvais pas croire qu'il avait déjà été plus jeune. Mon père avec cette fille. Merde. Alors que je ne l'avais jamais vu embrasser ma mère sur la bouche. Ou alors j'ai oublié. Merde. Ça m'a fait drôle. À cause de la beauté de cette fille, peut-être, à cause de ses étincelles. Ouais. Les cheveux de cette fille qui volaient et sa fossette qui tourbillonnait. Puis ses yeux comme du cobalt. À cause du flash, sûrement, je sais pas. Et ce truc dans l'expression du visage de cette fille. De la joie ou quoi. Ce truc qui rayonnait. Des braises. Ou du givre. Voilà, des paillettes de glace sur des tisons, voilà d'où venaient les étincelles.

Je suis rentré chez moi et j'ai fourré le sac en plastique sous mon lit.

Merde – à quoi ça allait me servir ?

Ma sœur était dans la cuisine. Seule. En train de bouffer un cornet de glace.

J'ai ouvert le compartiment du congélateur – il était vide.

Elle a souri et a lentement fini sa glace en faisant semblant de la savourer.

Je l'ai regardée – sans envie.

– Ça te fait pas bizarre, toi ? j'ai fini par lâcher.

– De quoi ?

– Que papa se soit marié, comme ça, avec une fille qu'on connaît pas, sans rien nous dire.

Elle a ricané illico :

– Si je devais m'arrêter sur toutes les conneries que peut faire ou dire papa, je serais chez les cinglés !

Tu parles – n'importe quoi.

– Mais cette fille… j'ai insisté.

– Eh ben ?

– Tu veux même pas savoir qui c'était ?

– Ça m'intéresse pas. De toute façon, les Roumaines qui débarquent en France, la plupart du temps, c'est que des pauvres filles. Il y en a des tas qui font les putes un peu partout.

– Qu'est-ce que t'en sais ?

– Tout le monde le sait. Et Najib m'en a parlé.

– Najib fréquente les putes ?

– Non. Mais il connaît l'univers des sans-papiers bien mieux que toi. Toute sa famille court après un permis de séjour depuis vingt ans.

– Je savais pas.

– Tu ne sais pas grand chose, Marco, alors évite un peu de faire le malin.

Le vieux sac de sport traînait encore dans le vestibule.

Ma mère est revenue de son boulot sans y prêter attention.

Et mon père a failli marcher dessus.

Je me suis presque jeté sur lui :

– Alors ?

– Alors quoi ?

– T'es allé à la morgue ? Raconte !

De la raideur dans son attitude – ce qui signifiait « tu commences à me faire chier ».

– Bon sang, Marco, qu'est-ce que tu veux que je te raconte ? C'était froid. C'était glauque. Et c'était pas beau à voir.

– Ils t'ont dit comment elle était morte ?

– Ils ont trouvé son corps sur un banc du parc Longchamp. Elle avait la tuberculose.

Mon portable a sonné – j'ai pas décroché.

Je suis resté face à mon père pour lui demander :

– Est-ce que t'étais triste ?

– Je me suis contenté de faire semblant.

Il a dit ça sérieusement – d'un ton sec et gelé.

Ça m'a scié.

J'ai consulté mon portable pour voir qui venait de m'appeler – Marion.

Il a re-sonné aussitôt.

Encore Marion – j'ai décroché :

– Ouais.

– Ça va ?

– Ouais.

– T'aurais pu prévenir que tu séchais cet après-midi.

– Ouais.

– Ouais quoi ?

– Ça m'a pris au dernier moment.

– Parce que madame Marceau t'a viré ?

– Elle m'a pas viré. Je me suis tiré tout seul de son cours.

– Pourquoi t'es pas revenu ?

– J'en avais marre.

– Comme ça ?

– Ouais. Comme ça.

Habituellement, au téléphone, je parvenais facilement à imaginer Marion. Les pattes-d'oie qui me faisaient chavirer aux coins de ses yeux quand elle souriait. Sa lèvre supérieure qui se retroussait. Ses cheveux lumineux. Ses mains.

Pas cette fois.

Seuls les contours étaient nets – tout le reste était flou.

Hormis un détail.

Un détail qui ne lui appartenait pas – une fossette qui tourbillonnait.

Des coulées de sueur ont glissé dans mon dos.

Marion à l'autre bout de la ligne :

– Bon. Je vais chez Malika ce soir. Tu viens avec moi ? On va mater un film.

– On est quel jour ?

– Mardi.

– Quel film ?

– Un film d'horreur espagnol.

– *Rec* ?

– Non. Un autre. Je sais plus le titre.

– Les films d'horreur espagnols ne valent rien à part *Rec*…

– On se fout du film, Marco, c'est juste histoire d'être ensemble, alors tu veux venir ou quoi ?

J'ai réfléchi – pas longtemps.

– Non.

– Merde, Marco, qu'est-ce qu'il y a ?

– Je vais pas bien.

Et c'est peut-être là – au moment où je l'ai dit.

Ou quand j'ai raccroché sans explications.

J'ai compris – que je n'allais pas bien.

Mon père s'est décapsulé une bière et a servi une mauresque à ma mère :

– J'ai dû m'occuper des formalités pour les funérailles. L'incinération est ce qui revient le moins cher… Mais avec tous les frais, il va y en avoir pour mille cinq cents euros, bon sang, ça va me coûter exactement la même somme que m'a rapporté ce mariage à la con !

– Elle voulait se faire incinérer ?

– Figure-toi qu'elle n'a pas laissé d'indications à ce sujet.

– Et sa famille ? s'est souciée ma mère. Tu as contacté sa famille ?

– Quelle famille ? Au niveau administratif, en France, la seule famille connue de cette fille, malheureusement, c'est moi.

Je n'ai pas pu m'empêcher d'intervenir :

– Elle a bien des parents en Roumanie…

– La police ne m'a fourni aucun renseignement là-dessus. Et, vu que c'est moi le mari, j'aurais été mal avisé de leur en demander.

– Elle n'a pas laissé un carnet avec les coordonnées de ses proches ?

Il a désigné le sac de sport dans le vestibule :

– J'ai fouillé ce truc-là sans trouver le moindre numéro de téléphone.

Ma sœur feuilletait une revue sur le canapé – loin de cette conversation.

– De toute façon, a ajouté mon père, c'est pas plus mal comme ça parce que, si sa famille voulait faire rapatrier le corps en Roumanie, ça coûterait encore plus cher. Alors j'ai réglé ça avec le mec des pompes funèbres. C'est lui qui m'a conseillé l'incinération. Et il a dit que le plus simple serait de déposer l'urne dans le caveau de mes parents.

Les glaçons ont tinté dans le verre de ma mère :

– Le caveau de tes parents ?

– C'est une concession familiale, il a répondu en ricanant, destinée à accueillir n'importe quel membre de la famille.

Il a vidé sa bouteille avant de souffler :

– Mille cinq cent euros… Si j'avais su !

Puis il s'est adressé directement à moi :

– Tu vois, Marco, la preuve que j'ai complètement oublié cette fille, c'est que je n'ai même pas pensé à divorcer.

J'ai gardé les yeux ouverts jusque tard dans la nuit – même une fois couché.

À scruter le plafond de ma chambre. Entre mes affiches de cinéma collées aux murs. *The Dark Knight* et *La Vengeance dans la peau* et *Breaking News*. Tu parles.

Il devait être une heure du matin – je me suis levé.

Mon père ou ma mère avait rangé le vieux sac de sport dans le débarras.

Je l'ai ouvert. J'ai pris les deux culottes qu'il y avait dedans. Je me suis recouché en les serrant dans une main.

Le coton entre mes doigts et des étincelles dans ma tête.

Je l'ai imaginée, juste là, étendue à côté de moi. Je voyais son visage quand je fermais les yeux. Je sentais ses hanches qui me frôlaient. Ses seins à portée de main. Et son ventre nu contre le mien.

Et merde – j'ai reniflé ses culottes et je me suis branlé.

*Elle dort dans le hall d'un petit immeuble dont la porte ferme mal. Il lui suffit de donner un léger coup d'épaule dedans pour que le pêne se débloque. Elle s'y rend le plus tard possible. Pour ne pas croiser les locataires. Certains l'ont déjà surprise en pleine nuit. Ils se sont montrés plutôt aimables. « Tant que vous laissez propre… » ils ont dit. Elle entrepose quelques affaires dans le placard du compteur électrique du couloir. Son sac de couchage et de vieux journaux qui lui servent de matelas et un tesson de bouteille de bière pour se défendre au cas où. Elle s'allonge dans le renfoncement sous la première montée d'escaliers. C'est inconfortable. Elle glisse son linge sale sous sa tête en guise d'oreiller. Le sol carrelé est une vraie torture. Elle dort mal. Même quand elle est épuisée.*

## 8

À traîner dans les rues de la cité – au lieu de me rendre au collège.

Histoire de me retrouver un peu seul. Sans avoir à supporter les profs et leurs cours interminables. Sans devoir causer avec mes camarades. Histoire de réfléchir un peu.

Les mêmes questions tournaient en boucle – à quoi ça rime ? pourquoi je me soucie de cette fille ? comment se fait-il que je ne tienne pas à l'oublier alors que je viens à peine d'apprendre son existence ? qu'est-ce que ça peut me foutre ?

Elle était morte et je ne la connaissais pas.

Bon, elle était jolie, oui – pas de problème, plus que jolie même, et alors ?

Je m'étais carrément branlé en pensant à elle dans la nuit, sans déconner, à croire qu'elle était là, son ventre sur le mien, ses seins contre mon torse, elle était vivante et chaude et c'est seulement après avoir éjaculé que je me suis souvenu qu'elle était morte.

Mais même si je la trouvais jolie – c'était pas une raison.

Une bonne raison de me branler, peut-être, mais pas une raison pour me mettre à fouiller partout et aller jusque chez elle en attendant qu'elle apparaisse ou que quelque chose éclate.

Alors quoi ?

Impossible de trouver une réponse valable – mais encore moins facile de renoncer.

J'ai traversé les cours des immeubles. Les cages d'escaliers et les parkings. J'ai traversé les voitures pourries. Les pare-brise brisés et les pneus en lambeaux. J'ai traversé une machine à laver désossée. Les poubelles qui débordaient de matières plastiques et le goudron qui fondait au soleil. J'ai traversé les portes déglinguées du désert. Et la chaleur qui rebondissait sur les métaux rouillés.

Les façades grises des tours comme des étaux – mais le bleu du ciel dans les vitres de toutes les fenêtres.

Et partout, dans un coin de mes yeux, une fossette et des étincelles.

Laisse tomber. Pense à autre chose. Marche.

Voilà la voie rapide – au bord de la cité.

Là, je ne sais pas pourquoi, je me suis souvenu de mes grands-parents. Les parents de mon père. C'est drôle, ils étaient morts presque en même temps, à trois jours d'intervalle. Ma grand-mère d'abord. Et mon grand-père tout de suite après. Parce qu'ils s'aimaient vraiment. Il paraît que ça fait ça. Tu parles.

Un sifflement strident dans mon dos.

Najib – deux doigts calés à l'intérieur de sa bouche pour vriller les tympans du quartier et me faire signe.

Devant la salle du club de boxe. En compagnie de deux collègues. Trois ou quatre ans de plus que moi. Tous dans les magouilles et les trafics. Chacun avec une gourmette en or ridicule au poignet et des baskets à plus de cent cinquante euros et des lunettes de soleil qui en jetaient.

Je les ai rejoints – pour poser une question à Najib :

– Tu connais des Roumaines sans papiers ?

Il a fait sa tête d'ahuri :

– Des Roumaines sans papiers ? Non... Je fréquente pas les gitans !

– Je te parle pas des gitans.

– C'est la même espèce !

– Sabrina dit que tu connais des Roumaines sans papiers qui font les putes.

Ses collègues se sont esclaffés.

– Je connais pas les putes... s'est défendu Najib.

– C'est pas les putes qui m'intéressent. C'est les Roumaines sans papiers.

– Pourquoi ?

Je n'ai rien trouvé à lui répondre.

Il a craché par terre :

– J'en ai rien à foutre, des Roumains, moi.

J'allais tourner le dos mais il m'a retenu :

– Marco.

– Quoi ?

– Tu m'as bien regardé ?

– Ouais.

– Non. Regarde-moi un peu mieux. Je m'en bas les couilles des Roumains sans papiers ! Je me fais déjà suffisamment chier pour trouver moi-même des papiers…

– Qu'est-ce que tu racontes ? T'as pas besoin de papiers, toi, t'es né ici.

– Et alors, pauvre con, tu crois que ça suffit ? N'importe quoi !

J'ai préféré regarder les tags sur le mur extérieur du club de boxe – « Marseille veille », « Je kiffe pas les keufs », « Un coup de fusil pour Sarkozy ».

Un des collègues de Najib a allumé une cigarette :

– Le Vieux Pruneau est roumain…

– Le Vieux Pruneau ?

– Ouais.

Un vieux fou du quartier – il devait son surnom à son visage plissé et ratatiné.

– Mais le Vieux Pruneau a des papiers ! a rectifié Najib. Il les sort tout le temps de sa poche pour les montrer à tout le monde !

– Et il touche même la retraite ! a dit l'autre.

Le Vieux Pruneau traînait constamment au pied du bâtiment F – toujours à parler tout seul.

Il nous flanquait tous la trouille quand on était petits. On faisait des détours pour l'éviter. Il était si vieux et si vilain. Et déjà à moitié cinglé.

Je l'ai surpris sur un banc en plein soleil.

– Salut Mustapha ! il m'a fait.

– Je m'appelle pas Mustapha. Je m'appelle Marco.

– Salut Marco !

Quand il souriait sa lèvre inférieure lui remontait jusque sous le nez :

– Dis-moi.

– Ouais.

Il a désigné une fenêtre du septième étage :

– Tu vois cette fenêtre ?

– Ouais.

– Un de mes fils est mort en se jetant de là-haut !

– Lequel ?

– J'en sais rien. Ils se ressemblaient tous… Je les confondais tout le temps.

– Celui qui travaillait à la raffinerie ?

– Ils travaillaient tous à la raffinerie… Et, de toute façon, ils sont tous morts !

Merde – est-ce que c'était le moment ?

J'ai baissé la tête. Les graviers brillaient. Toujours des étincelles.

Vas-y – à l'arrache.

– Vous êtes roumain ? je lui ai demandé.

Il s'est carrément foutu en colère – avec lui on pouvait jamais savoir.

– Je suis français, espèce de morveux, tu veux voir mes papiers ? Je suis né à Bucarest mais je suis arrivé à Marseille en 1969 ! Et je vivais déjà dans cette cité alors que tes parents pissaient encore au lit !

Il a levé son cul pour tirer des documents de la poche arrière de son pantalon et s'est rassis en les agitant à tout-va.

Je ne les ai pas regardés :

– Vous connaissez une fille qui s'appelle Anka ?

Je ne sais pas – mais ça m'a fait du bien de dire son prénom.

– Anka ? a sursauté le Vieux Pruneau.

Et ça m'a fait du bien d'entendre ce prénom prononcé par quelqu'un.

Mais il a secoué la tête :

– Non…

– Anka Petrescu.

– Non, ma grand-mère s'appelait Anka, mais elle est morte un dimanche à six heures. Je me souviens qu'elle me flanquait de ces volées ! Si t'avais vu ça…

Le prénom tournait et retournait dans ma tête.

Le Vieux Pruneau a soudain écarquillé les yeux face aux immeubles et il a ruminé sans desserrer la bouche :

– Cette cité ne vaut rien !

Les paraboles braquées vers les satellites l'ont approuvé et j'ai ruminé.

Toujours pas envie de me rendre au collège – mais une brusque envie de voir Marion.

On était mercredi et les cours finissaient à midi.

Bouge – ou le soleil va faire fondre ton cartable.

Traverse le quartier. Rejoins tes camarades. Laisse tomber tout ça.

Tu parles – les étincelles me suivaient.

J'ai fait le chemin avec Anka.

Des crissements à chacun de mes pas.

Je suis arrivé devant le portail du collège au moment de la sortie.

– Voilà l'inscrit aux abonnés absents ! s'est étonnée Malika en me voyant.

Le sourire éclatant de Marion – juste là.

– On va se baigner plage des Catalans ! m'a averti Samir. T'as ton maillot ?

– Merde, non, je savais pas…

Marion m'a embrassé dans le cou et sous une oreille :

– Eh ben moi, je peux te dire que j'aimerais beaucoup que tu viennes, tu vois…

Je n'ai fait que marmonner :

– Ouais.

– T'es au maximum de ta forme, là, ou tu caches ta joie par timidité ? a rigolé Vincent.

Ils ont tous ri – moi aussi.

On a acheté des pizzas et on les a dévorées dans le bus.

La plage était bondée. On a trouvé un endroit où se poser en envoyant un tas de sable sur les serviettes voisines. Samir a roté. Vincent a lâché des caisses. J'ai craché de tous les côtés. On n'était pas les rois du monde, juste les maîtres de notre petit coin de plage, mais on se marrait et les filles aussi.

– Où avez-vous été élevés ? s'est énervée une bonne femme.

– Dans les quartiers nord ! lui a répondu Samir. Ça t'angoisse, espèce de...

Je me suis jeté sur lui avec Malika pour le faire taire – histoire d'éviter les embrouilles et que ça parte en vrille, comme la fois où on s'était battus avec un père de famille, à cause d'une cannette de soda renversée, les surveillants de baignade nous avaient foutus dehors et tout.

À craindre je ne sais quoi.

Ils se sont tous précipités dans l'eau en hurlant comme des malades et je n'ai pas bougé – pas seulement parce que je n'avais ni mon maillot ni ma serviette.

Je me suis contenté de regarder. Les hanches de Marion. L'eau qui bouillonnait. Un gamin avec un crocodile en guise de bouée. Des corps avachis en train de cramer. Une toile d'araignée tatouée sur un coude. De vilaines poitrines siliconées. Un Kleenex abandonné.

Des gouttes d'eau me sont tombées dessus – Marion secouant ses cheveux mouillés.

Elle s'est allongée près de moi et a pris ma main dans la sienne.

Comme du papier de verre – le sable collé entre ses doigts.

Mais ce n'est pas en pensant à elle que je me suis mis à frissonner.

*Elle va parfois à la mer. Sur la plage des Catalans. Elle se baigne peu. Mais quand il fait beau, elle profite des douches, discrètement. Pour se laver. Avant de renfiler ses vêtements sales. Elle s'assoit où elle peut et elle regarde les gens qui nagent ou qui s'amusent ou qui bronzent sans rien faire. C'est un défilé frénétique sous ses yeux. Des jeunes et des vieux, des corps mous et des corps musclés, des visages placides et des visages fatigués. Des gens sereins ou préoccupés. Affamés ou rassasiés. Heureux ou se forçant à l'être. Avec leurs ridicules lunettes de soleil de marque et leurs tatouages hideux. Et ces mecs qui sortent de l'eau en bombant le torse et qui reviennent vers leurs serviettes avec une stupide démarche athlétique. Et tous ces enfants et toutes ces familles. De toutes les origines. Tous ces gens en train de rire. Ils mentent peut-être. Ils font peut-être semblant. Ils sont peut-être tous bien plus honteux qu'elle.*

# 9

En route vers le collège – de nouveau dans la voiture de mon père.

– Qu'est-ce qui se passe depuis mardi ? Tu comptes m'accompagner tous les matins ou quoi ?

– Il vaudrait peut-être mieux.

– Il vaudrait peut-être mieux quoi ?

– Que je t'accompagne tous les matins !

– Pourquoi ?

– Pour être sûr que tu te rendes vraiment en cours. Le CPE a téléphoné ce matin pour signaler tes absences ! Tu as séché avant-hier après-midi et hier matin... À quoi tu joues ?

J'ai pas moufté.

Mon père s'est garé devant le portail et est descendu de la voiture en me prévenant :

– Il veut me voir dans son bureau avec toi.

Merde – ça allait être ma fête.

– Je vais essayer de sauver ta tête, Marco, mais ne fais pas le malin, compris ?

Mes camarades patientaient le long des grilles – Marion et Malika comparant les marques de leur bronzage, Vincent en train de fumer une clope, Samir qui bâillait.

– J'ai pas entendu ! m'a fait mon père.

– Quoi ?

– Est-ce que c'est compris ?

– Oui.

Le CPE nous attendait dans le hall :

– Monsieur Fontan ?

Il a serré la main de mon père et a soulevé le menton pour me saluer.

Son bureau puait la transpiration. De la paperasse partout. Une pile de carnets de correspondance. Un calendrier de La Poste. Des reproductions de Picasso punaisées au mur.

– Bien. Asseyez-vous. C'est la troisième fois que je vous convoque, non ?

Mon père s'est empressé de le corriger :

– La deuxième depuis les vacances de Pâques, mais la cinquième depuis le début de cette année scolaire. Et je ne compte plus les fois des années précédentes…

Le CPE a consulté son ordi – histoire de vérifier tout ça ou quoi.

– Effectivement. Je ne vais donc pas vous resservir mon discours habituel sur les compétences évidentes de Marco et sur les notes largement passables qu'il pourrait obtenir s'il fournissait un minimum d'efforts, vous avez déjà suffisamment entendu tout ça. Je vous ai simplement convoqué ce matin parce que, la fin de l'année arrivant à grands pas, je me demande pourquoi Marco se croit encore permis de s'absenter délibérément des cours, alors que ses résultats sont toujours aussi médiocres.

– Ma femme est morte… a annoncé mon père.

Je me suis raidi.

– Ma femme est morte lundi.

Le visage du CPE a viré au pâle et sa mâchoire inférieure a failli tomber sur son bureau.

Il s'est incliné nerveusement – comme on peut voir les yakuzas le faire devant leur chef, dans les films japonais, en signe de respect :

– Je suis désolé, je n'étais pas au courant, j'ignorais que la mère de Marco était…

– Il ne s'agit pas de sa mère, l'a coupé mon père, il s'agit de ma femme.

Les pupilles du CPE ont navigué sans saisir.

Je suis resté parfaitement immobile.

– Sa mère va bien, ne vous inquiétez pas, ça n'a rien à voir. C'est juste une histoire personnelle un peu compliquée. Je me suis marié, autrefois, il y a longtemps… Et la femme avec qui j'étais marié vient de mourir. Ça m'a beaucoup perturbé. Et ça a aussi atteint Marco. Je lui ai donc demandé de rester avec moi hier matin et mardi après-midi pour qu'on se relève tous les deux ensemble de cette épreuve. J'aurais évidemment dû informer le collège de son absence mais, vu l'état dans lequel j'étais, vous comprendrez bien que ça ne m'a pas traversé l'esprit…

– Je comprends, je comprends bien ! s'est aplati le CPE

Des fourmis dans les jambes et dans les poignets – je ne bougeais pas d'un pouce.

– Marco est maintenant assez vaillant pour reprendre les cours, a poursuivi mon père, et je peux vous assurer qu'il n'en manquera plus un seul d'ici la fin de l'année !

J'avais les yeux rivés au sol – mais j'ai senti les siens me fixer quand il a dit ça.

Il s'est levé et je l'ai suivi jusque dans le hall en marchant comme un robot.

Et ce curieux souvenir sous mon crâne – cette nuit, en passant devant leur chambre pour aller pisser, j'avais entendu grincer le lit de mes parents, merde, et quand j'étais revenu des toilettes, je les avais entendus rire tous les deux : « Ça alors, un vieux couple comme nous, qu'est-ce qui nous prend ? »

Des élèves chahutaient dans tous les coins.

Mon père les a observés avant de me dire :

– J'ai rarement sorti autant de mensonges d'affilée. Je te conseille de ne plus déconner.

La sonnerie qui annonçait le début des cours a retenti.

Il m'a attrapé par un bras – pour me demander froidement :

– Tu te soucies plus de cette fille que de tes études ?

J'ai fait semblant de réfléchir avant de mentir à mon tour :

– Non.

Il a hoché la tête – il ne m'a pas cru mais il a hoché la tête et s'est dirigé vers la sortie en se taillant un chemin à contre-courant des élèves.

Je me suis tenu tranquille toute la journée. Souriant à Marion. Sans répondre aux provocations de Samir et de Vincent. Calme et docile pendant les cours.

Excepté en histoire – quand madame Marceau a posé cette question :

– Qui se souvient du film que je vous ai montré en mars sur la Guerre froide ?

– *Jackie Chan dans le Bronx* ! j'ai sorti.

– Très amusant, Marco, continue comme ça…

Et j'ai insisté :

– *Kung-fu Panda* ? *La Colline a des yeux* ? *Scream 4* ?

– Tu resteras ici à la fin de l'heure pour me faire un résumé précis de tous les films que tu viens de citer !

– Ça va, laissez tomber, je me souviens très bien de votre film. *Un crime dans la tête*, de John Frankenheimer, réalisé en 1962.

Ma bonne réponse ne l'a même pas surprise – à croire que madame Marceau savait toujours à quoi s'attendre avec moi.

Elle m'a pourtant retenu à la fin du cours :

– Je peux savoir pourquoi tu passes ton temps à dire des âneries alors que tu as un tas de choses intelligentes à faire partager ?

Je me suis passé les mains dans les cheveux – pour me recoiffer ou simplement parce que je ne savais pas quoi en faire.

Sans répondre.

– Faut te faire sortir les mots avec un hameçon ou quoi ? elle s'est impatientée.

Elle avait de séduisantes pattes-d'oie.

– Tu es toujours sur le fil, hein ?

– Quel fil ?

Elle devait avoir l'âge de ma mère.

– Tu devrais arrêter de faire semblant.

– Je ne fais pas semblant !

– Si. Tu fais trop souvent semblant de ne pas comprendre ce que tu comprends.

Mais j'étais persuadé du contraire – je faisais trop souvent semblant de comprendre ce que je ne comprenais pas.

Je suis rentré à la maison en traînant des pieds.

Ma mère préparait un tiramisu en fredonnant une chanson de Nina Simone – *Ain't got no life*.

Je me suis assis face au saladier dans lequel elle battait la crème et j'ai lâché sans proposer de l'aider :

– Tu trouves ça normal, toi, ce mariage ?

– Depuis quand tu te poses des questions sur la normalité ? elle a réagi. Est-ce que tu te demandes, par exemple, si tes résultats scolaires sont normaux ?

J'ai filé dans ma chambre.

Mon lit et mes devoirs à faire – plus tard.

J'ai allumé mon ordi.

Et j’ai cherché.
Anka Fontan ou Anka Petrescu.
Sur Facebook et sur Google – rien du tout.

*Des coups contre la porte et, juste derrière, la voix aigre du propriétaire. Tôt le matin. Alors qu'elle est encore au lit. Il ouvre le verrou avec une clé qu'il a conservée et elle a à peine le temps de s'habiller. Elle ne peut même pas se réfugier quelque part. L'appartement est un studio d'une seule pièce. Six pas de large sur six pas de long, avec un coin cuisine, sans cloison. La douche et les toilettes sont sur le palier. Trop tard. Il fonce vers elle. Il la saisit par un bras et la secoue en réclamant l'argent qu'elle lui doit. « Sinon tu fous le camp ! » Il la force à descendre les escaliers. Elle se débat et le griffe et remonte quatre à quatre pour fourrer quelques affaires dans un sac. Le minimum vital. « Dégage salope ! » Et il la flanque dehors. Elle s'adosse à une voiture pour reprendre ses esprits. La fenêtre de son studio s'ouvre au troisième étage. Le propriétaire jette un tas de choses à travers. La plupart se brisent en heurtant le trottoir.*

# 10

Francis prenait l'apéro avec mon père dans le salon.

Il avait apporté sa propre bouteille de whisky – comme d'habitude.

– Un whisky irlandais introuvable ! il se vantait constamment.

Ses combines lui permettaient parfois de mettre la main sur des trucs de ce genre. La police l'avait un jour arrêté avec des grands crus de Saint-Émilion à plus de sept cents euros la bouteille plein le coffre de son cabriolet.

Francis était un ancien collègue de mon père. Ils bossaient autrefois ensemble dans les ateliers du port. Mais Francis avait pris volontairement la porte lors de la première vague de licenciements. Il avait touché un petit pactole parce que mon père et ses camarades de la CGT avaient fait grève deux semaines complètes pour que les indemnités de départ soient largement augmentées. Et il s'était aussitôt mis à tremper dans les magouilles.

Il vendait aussi bien des cartouches de cigarettes à moitié prix que des canapés en cuir, des téléphones mobiles, des abonnements au stade vélodrome, des parfums ou des fringues de contrefaçon. Sans compter ses plans encore moins nets. Comme les plaques minéralogiques ou les fausses cartes grises.

On avait chez nous un tas de matos provenant de son trafic de contrebande – notre écran plat, nos enceintes, mon ordi.

Son lamentable business le foutait parfois dans la merde. Mais il savait arroser les flics. Et il savait toujours qui appeler pour le tirer d'une sale affaire.

Francis avait des relations. Francis avait ses entrées à la mairie. Francis tapait dans le dos du président du conseil général.

–Quoi de neuf Marco ? il a souri en me voyant.

Il était vautré sur le canapé hérité de mes grands-parents – un vieux canapé qu'il tentait à tous les coups de nous faire remplacer par une de ses merdes en cuir.

–Tu sais que les flics sont venus ici lundi pour m'annoncer la mort de ma mère ? je lui ai balancé.

–Ouais. Thomas vient de me l'apprendre.

Mon père avait dû l'inviter pour lui en toucher deux mots – et lui demander du fric pour les funérailles.

–Est-ce que tu connaissais cette fille ?

–Pas du tout.

–C'est pourtant toi qui l'as présentée à papa…

–Je ne connais pas le quart des gens que je présente les uns aux autres pour faire des affaires. Cette fille était juste un nom sur une liste de personnes à la recherche de papiers.

Il a avalé une gorgée de whisky :

– J'avais complètement oublié son existence. Tout comme ton père, d'ailleurs…

– Et ça te fait ni chaud ni froid ?

– Francis s'est engagé à régler les frais de l'enterrement ! a répondu mon père à sa place.

Francis savait faire preuve de largesses. Francis aimait étaler son pognon avec fierté. Francis estimait qu'il fallait à tout prix en avoir plein les poches.

– C'est bien, j'ai ironisé, c'est très bien.

Il m'a tendu une enveloppe :

– Et voilà pour toi !

– C'est quoi ?

– Ouvre.

Je n'ai pas ouvert.

– Un cadeau de ma part ! il s'est flatté. Deux places en tribunes d'honneur au vélodrome pour le match de samedi soir !

Je me suis demandé si Anka avait eu l'occasion de mettre les pieds au stade.

– Histoire de vous changer les idées ! il a ajouté.

Francis était juste un gros con.

J'aurais aimé lui briser sa bouteille de whisky entre les dents pour déchirer ses gencives en faisant voler des morceaux d'émail mais je ne pouvais pas faire un truc pareil alors je n'ai pas bougé et je me suis persuadé qu'il mourrait un de ces jours au volant de son cabriolet en percutant un poids lourd ou un platane.

– Merci, je lui ai dit, merci beaucoup.

Va dans ta chambre. Va te défouler autrement.

Seul devant mon ordi – je me suis passé quelques séquences de courses-poursuites.

Johnny Utah dans *Point Break*, à fond la caisse, laissant tomber sa bagnole en flammes pour s'élancer en courant derrière un gangster, franchissant les allées et les clôtures et les jardins d'une résidence pavillonnaire, dérapant sur les graviers, escaladant une palissade et repartant de plus belle, jusqu'à ce qu'il se foule une cheville et reste cloué au sol. Popeye Doyle dans *French Connection II*, vieux chien fou fatigué, au pas de course sur le port de Marseille, longeant les quais, un voilier en ligne de mire, haletant et écumant, en plein soleil, parvenant éreinté au bout de la jetée, avec juste assez de force pour dégainer et appuyer sur la détente au bon moment. Jason Bourne dans *La Vengeance dans la peau*, sur les toits de Tanger, la police aux trousses, passant d'un pâté de maisons à un autre, à travers les fenêtres, des éclats de verre partout, se battant à coups de poings et coups de pieds avec une rapidité et une violence époustouflantes, pour finir dans un bac à douche d'un mètre carré, étranglant le méchant avec un torchon mouillé, en sueur, le cœur battant en surmultiplié.

Ça ne m'a servi à rien – hormis à éviter de me cogner la tête contre un mur.

*Elle se réveille toujours de bonne heure, elle prend son petit déjeuner devant la fenêtre, elle se lave, elle s'habille, elle sort de chez elle, elle se rend à pied ou en tramway rue de la République où elle a deux boutiques à nettoyer avant dix heures, elle fait du repassage dans un pressing, elle mange une salade ou un sandwich sur la place de la Joliette ou sur le Vieux-Port, elle file sur le boulevard Longchamp, elle écoute les instructions de madame Carpital, elle époussette-astique-cire, elle fait briller la plaque du cabinet de la notaire, elle parle peu, elle gagne peu, elle s'amuse peu, mais elle ne flanche pas, la misère et l'ennui lui semblent être le lot quotidien de l'humanité hormis pour quelques privilégiés qui paradent sur les écrans de télé, elle ne se plaint pas, elle rentre chez elle et, quand un garçon monte la voir, elle fait toujours bonne figure, l'amertume et la tristesse l'étouffent mais elle tient, elle se couche tard, elle s'endort et, le lendemain, elle recommence.*

## 11

Samedi matin – ça crépitait de partout.

Le jour de l'enterrement.

Je n'ai pas demandé à mon père si je pouvais venir avec lui.

Je lui ai simplement dit :

–Je vais venir avec toi.

Plein d'excitation et plein d'appréhension – je crépitais de partout.

Je voyais déjà les flammes. Je voyais déjà le cercueil brûler. Je voyais déjà le corps se boursoufler et se recroqueviller.

Même les cendres – elles me remplissaient déjà le crâne.

J'ai déjeuné avant tout le monde.

Les biscottes entre mes dents et les pas de mes parents dans l'appartement – tout crépitait.

Je me suis douché. J'ai enfilé des vêtements propres. Je me suis soigneusement brossé les dents.

Ma sœur se réveillait à peine – les paupières au niveau des joues et des épis plein la tête.

– Change surtout pas de coiffure ! je lui ai jeté. Tu vas faire fureur !

À peine le temps d'entendre sa réaction – « Ta gueule… »

J'ai embrassé ma mère :

– Tu ne viens pas ?

– Je n'ai rien à faire là-bas.

Mon père en costume sombre – le même qu'il avait mis pour l'enterrement de ses parents.

Le visage pâle de ma mère devant le costume sombre de mon père :

– Pourquoi tu emmènes Marco avec toi ?

– Pour ne pas être seul.

Ça crépitait de partout.

Direction Fos-sur-Mer – le cimetière.

Le crématorium était un petit bâtiment en forme de cube. Tout en béton. Avec quelques losanges de mosaïque sur la façade.

Des losanges en faïence – toute la façade crépitait.

Trois croque-morts immobiles se tenaient devant la porte. Tous plus jeunes que mon père, tous droits comme des pylônes, tous avec la mine grave.

Plus un type en short et en chemisette – on aurait dit un touriste mais des crépitements tordaient tous les traits de son visage.

Un quatrième croque-mort vérifiait la machinerie à l'intérieur.

Le four, les flammes, la température – tout crépitait.

On est entrés dans le cube et voilà.

Le cercueil était sur un plateau métallique – face à la vitre réfractaire de l'âtre.

Pas de discours. Pas de cérémonie.

Juste le cercueil qui a coulissé pour pénétrer dans les flammes – le crissement du plateau métallique contre la plaque en fonte et le vrombissement du brasier.

Et personne pour assister à ça.

Juste mon père et moi et ce type en chemisette – les croque-morts étaient plus nombreux que nous.

Une brusque et compacte vague de chaleur nous a tous fait fermer les yeux. J'ai essayé de garder les miens ouverts mais des larmes piquantes m'ont brûlé la cornée. Pas des larmes de tristesse, non, je n'avais pas de tristesse. J'étais vide et j'étais froid. Juste ces larmes insignifiantes qui me traversaient. Jusqu'à ce que la porte du four se referme.

L'un des croque-morts a demandé si on voulait qu'il tire le rideau devant la vitre. Pour masquer les flammes et l'embrasement du cercueil et la calcination du corps. Mon père a fait oui de la tête.

On est restés cinq minutes, immobiles, devant ce rideau immobile.

Ça ne ressemblait à rien – mais ça crépitait de partout.

Puis les croque-morts nous ont proposé de sortir. Le temps de la fin de la combustion. Le temps qu'ils rassemblent les cendres et les disposent dans l'urne funéraire.

Alors on est sortis.

Et même si le soleil crépitait, même si la terre entière crépitait, on a tous les trois respiré avidement l'air du dehors.

– Vous la connaissiez ? j'ai fini par demander au type en chemisette.

Ses yeux se sont posés sur moi – et j'ai tout de suite compris.

Dans l'expression désarmée de son visage.

J'ai compris qu'il ne comprenait pas le français – et j'ai compris qu'il venait exprès de Roumanie et qu'il avait connu Anka autrefois et qu'il ignorait non seulement pourquoi elle était partie mais aussi pourquoi il y avait si peu de monde à son enterrement.

Tout ça était inscrit sur son visage, clairement, tout comme le fait qu'il était arrivé la veille à Marseille et qu'il repartirait cet après-midi sans en savoir davantage.

Vas-y – essaye en italien.

– *Sei Rumeno ?*

Ses yeux se sont éclairés.

Continue – va pour l'italien.

– *La conoscevi ?*

Il a compris – mais il a répondu en roumain :

– *Era sora mea.*

Proche de l'italien – « c'était ma sœur ».

Je lui ai tendu la main :

– *Sono Marco. Come ti chiama ?*

Il a observé ma main mais n'a pas fait le moindre geste :

– Lucian.

Les cartes postales que j'avais récupérées chez elles étaient signées « Lucian ». Son mari, je m'étais imaginé, ou son petit ami. Je ne les avais pas lues mais j'avais ressenti de la jalousie en déchiffrant ce prénom. Sauf que c'était juste son frère.

Mon père se massait les tempes – il avait hâte que tout ça se termine.

Les croque-morts nous ont présenté l'urne et son contenu de cendres avant de la sceller.

Voilà à quoi ça tient, je me suis dit, voilà dans quoi on rentre.

Et j'ai pensé à ma propre mort – persuadé qu'elle arriverait quand je serai très vieux, dans ma villa hollywoodienne ou au Festival de Cannes, les plus grands acteurs du monde sangloteraient, Brad Pitt réciterait mes plus célèbres répliques et Jackie Chan effectuerait des figures de kung-fu pour me rendre hommage, les plus belles actrices de la terre ne pourraient retenir leurs larmes, ouais, même Marion, allez quoi, tout le monde chialerait alors que mes cendres voileraient le soleil, tu parles.

On a suivi les croque-morts jusqu'au caveau familial. Là où mes grands-parents avaient été enterrés un an plus tôt. À deux pas du crématorium.

La dalle était déjà ouverte et je me suis demandé ce qui allait se passer.

Rien – trois minutes montre en main et c'était fini.

Pas de discours. Pas de larmes.

Juste une minute de recueillement – voilà.

Et cette plaque :

**Anka Fontan**

**née Anka Petrescu**

**1982 – 2011**

On a quitté le cimetière en se forçant à marcher lentement.

Même le frère semblait avoir envie de courir.

– *Come hai imparato la sua morte ?* je lui ai demandé.

– *Doamna.*

– *Doamna ?*

– *Doamna la care facea ea curat.*

Je n'ai pas compris.

« *Doamna* » – une dame, peut-être, une dame chez qui elle travaillait.

Insiste un peu.

– *Dove è questa doamna ?*

Il a sorti une carte de visite de la poche de sa chemisette.

Avec un nom, une adresse, un numéro de téléphone.

Madame Carpital – un nom qui crépitait.

– *Nu am nimic altceva*… il a dit.

Je n'ai pas compris les mots mais j'en ai saisi le sens – « je ne sais rien de plus » ou « je n'ai rien d'autre ».

L'amertume et le désarroi crépitaient sur son visage.

Puis il est parti

Nous adressant un simple signe de la main – en guise de salut ou quoi.

Il est parti sans poser une seule question.

Par timidité, peut-être, par peur de ne pas être compris ou de ne pas comprendre – à moins que tout ça ne l'intéressait pas.

**Anka Fontan**

**née Anka Petrescu**

**1982 – 2011**

La plaque mortuaire ricochait lourdement entre mes parois.

Mon père a consulté sa montre :

– On va manger une pizza ?

Je n'étais plus tout à fait certain que les contours du monde et de mon corps existaient vraiment – ça crépitait de partout.

*Le forfait de son téléphone portable ne lui permet pas de passer d'appels. Juste d'en recevoir. Pour appeler, elle a acheté une carte qu'elle peut utiliser dans les cabines. Sa respiration forme de la buée sur la vitre. Le froid est cinglant. Elle téléphone peu car elle connaît peu de monde et elle ne saurait pas vraiment quoi raconter. L'indicatif pour la Roumanie est le 00 40. Elle compose le numéro de son frère. Il décroche au bout de la troisième sonnerie. Elle est contente d'entendre sa voix chaleureuse et enjouée. Ça fait huit mois qu'elle ne lui a pas parlé. Elle ne sait déjà plus depuis combien de temps elle ne l'a pas vu. Et elle ne sait même plus depuis combien d'années elle vit en France. La deuxième année, elle avait fait un aller-retour là-bas, elle avait montré la photo de son mariage, elle avait inventé un tas de choses. Elle ne veut surtout pas que son frère vienne la voir ici. Elle préfère lui mentir dans une cabine téléphonique remplie de buée.*

## 12

Le mistral s'était levé – les portes claquaient à tout-va et les murs semblaient se craqueler.

N'importe quel joueur aurait parié « dix contre un » que notre immeuble ne tarderait pas à s'écrouler.

– Il faut que tu remplisses ta fiche de vœux ! m'a signalé ma mère.

J'ai fermé la fenêtre de ma chambre avant que les coups de vent ne fassent tout voler.

Ma fiche de vœux – pour mon orientation.

– Est-ce que tu y as réfléchi ?

– Non.

– Ton conseil de classe a bien lieu lundi ?

– Oui.

Lundi – et après ?

– Alors il faut que tu te décides avant la fin de ce week-end.

Merde – aucune idée.

– Sachant que tes résultats ne te permettront pas de passer en seconde générale l'année prochaine…

Ma sœur était en première ES au lycée. Ma mère était secrétaire. Mon père était ajusteur.

Et moi – envie de rien.

– Tu ne voulais pas t'inscrire en aéronautique au lycée professionnel ?

Lycée pro aéronautique – c'était ce que demanderaient Samir et Vincent.

Marion et Karima iraient certainement en seconde générale.

J'ai soupesé mes motivations – la balance n'a même pas bougé.

– Ça ne me dit plus rien.

– Qu'est-ce qui t'intéresse alors ?

J'aurais aimé devenir une vedette de cinéma – voilà.

Ma mère le savait. Elle ne prenait pas cette idée au sérieux. Moi non plus.

– Pour faire une école de cinéma, elle a dit, il faut le bac.

J'avais lu quelque part que Harrison Ford, le seul bon acteur de *La Guerre des étoiles*, avait une formation de menuisier. Que Gérard Depardieu avait quitté l'école à treize ans. Que Johnny Depp était un cancre.

– Je me suis renseignée, a poursuivi ma mère, la seule orientation possible à partir de la classe de troisième, dans le domaine du cinéma, c'est un CAP opérateur projectionniste.

– Sans déconner... Je veux pas être projectionniste.

Elle m'a tendu une brochure :

– Regarde. J'ai demandé de la documentation. Ils font ça dans un lycée public, c'est à l'autre bout de Marseille, mais bon...

« Lycée Blaise-Pascal » – sur la brochure.

« CAP opérateur projectionniste de cinéma. Une formation technique. Deux années d'apprentissage. »

Ça ne rimait à rien – deux années d'apprentissage alors que toutes les salles étaient maintenant équipées en numérique et qu'il suffisait d'appuyer sur un bouton pour lancer un film.

– Merde. Je veux pas devenir projectionniste.

– Alors qu'est-ce que tu voudrais faire ?

Des camarades hésitaient entre mécanicien et chirurgien – et je ne savais pas quoi faire. Un tas de mecs de la cité naviguaient entre le chômage et la prison – et je les croisais en baissant la tête. Certains gagnaient du fric en se livrant à tous les trafics possibles – et je me contentais de pirater des films sur *e-mule*.

Ça va, j'ai quatorze ans, rien ne presse.

Des travailleurs exploités comme mon père et ma mère manifestaient entre le Vieux-Port et la place Castellane pour desserrer les laisses qui les étranglaient – et j'avais juste envie de casser les vitrines des boutiques.

– Tu as aussi la possibilité de redoubler ta troisième. Pour obtenir de meilleurs résultats et poursuivre tes études au lycée… C'est peut-être la meilleure solution.

Il y avait, dans un de mes cauchemars récurrents, un moment où je sortais de chez moi pour me rendre au collège et tout le monde me montrait du doigt en se foutant de ma gueule – et je flippais tellement que ça me réveillait.

J'ai inscrit « CAP opérateur projectionniste au lycée Blaise-Pascal » en premier choix sur ma fiche de vœux.

Et rien sur les lignes suivantes.

Alors que mon sang bouillonnait. Alors que mes jointures craquaient. Alors que j'avais suffisamment de force pour faire pencher la terre à l'envers.

Mais rien ne tenait debout.

Et toujours ces étincelles dans ma tête. Ces crépitements. Cette urne et cette plaque.

Il fallait peut-être que je commence par mettre de l'ordre.

J'ai viré ma mère de ma chambre et j'ai sorti les affaires que j'avais fourrées sous mon lit.

Son paquet de mouchoirs en papier. Ses chewing-gums à la chlorophylle. Sa brosse à dents dégueulasse. Sa petite trousse de maquillage. Son peigne. Ses bracelets. Sa paire de sandales. Son tee-shirt bleu pâle roulé en boule. Son débardeur vert déchiré. Son short jaune. Ses deux petites culottes. Les cartes postales de son frère. Ses livres. Son permis de séjour. Le cadre en bois avec la photo de mariage.

Mon portable a sonné – une fois.

Au milieu de tout ça.

« Ça va ? » – un texto de Marion.

Au milieu des étincelles et des crépitements.

Non – ça va pas.

Mais j'ai compris par quoi je devais commencer.

Mettre chaque chose à sa place – et me débarrasser des éléments inutiles.

J'ai refoutu toutes les affaires en vrac sous mon lit.

Je suis sorti et j'ai traversé la rue.

J'ai sonné chez Marion.

Elle a ouvert la porte. Elle a souri. Elle a effleuré mes tempes avec le bout de ses doigts. Elle était contente de me voir.

Je lui ai dit simplement :

–Je ne t'aime pas Marion, je ne sais pas pourquoi, je te trouve jolie, je te trouve attirante, mais je ne t'aime pas, voilà, je suis juste venu pour te dire ça.

Ça ne lui a fait aucune peine.

Elle a seulement plissé les yeux :

–Je le savais…

Mon estomac pesait vingt-huit tonnes.

Je confondais peut-être les choses – l'essentiel et les étincelles, le béton et les souvenirs, l'avenir et les cendres.

Tant pis.

J'avais quatorze ans – mon sang bouillonnait et la terre penchait déjà sur le côté.

*Elle s'est assise à une petite table, contre la vitre, pour le voir arriver. Sans savoir si elle allait le reconnaître. Si. Le voilà. Il traverse la place de la Joliette. Avec le même air rustre qu'il avait au moment du mariage. On dirait presque un paysan roumain. Il pénètre dans le café et la salue de la tête et vient s'installer à sa table. « Comment allez-vous ? » lui demande-t-il. « Ça va bien, merci. » Elle comprend et parle correctement le français maintenant. « Vous avez mangé ? » « Oui, merci. » Elle lui tend très vite les papiers qu'elle doit lui faire signer. Il les lit à peine avant de le faire. « Précédé de la mention lu et approuvé » elle est obligée de lui préciser. Il s'exécute. « Merci. » « De rien. » « Voulez-vous un café ? » « Je veux bien. » Elle ne sait rien de lui et il ne sait rien d'elle et ça restera certainement toujours comme ça. Il la regarde bizarrement mais ne lui demande pas de coucher avec elle comme la plupart des types. Elle sourit. Il avale son café et se lève. « Merci » lui répète-t-elle avant qu'il ne s'en aille.*

## 13

Et déjà l'envie de briser quelque chose était là.

Ça devait faire un moment – même bien avant cette histoire.

J'avais déjà eu envie de foutre le feu au bureau du CPE par exemple, ou d'incendier sa voiture, je ne sais pas, mais on est sûrement tous comme ça.

On reste calmes et le monde continue de tourner en nous martelant ses leçons à apprendre et ses horaires à respecter, on joue juste parfois avec des allumettes ou on renverse des poubelles pour se défouler, c'est tout, on ne fait pas cramer la ville, non, on reste sages et tranquilles, alors que la plupart des gens ont envie de tout faire sauter, on le sait, c'est là et c'est évident.

C'est peut-être la trouille qui nous retient.

Moi j'avais enfoui mes envies de saccage sous mes paupières et je les éteignais en voyant un tas de films – avant cette histoire.

Sauf que quelque chose cognait, maintenant, je ne sais pas, des blocs d'ardoises et des copeaux rouillés sous mon crâne, des brûlures dans mon estomac et de grands fracas entre toutes mes jointures, je ne sais pas, fallait que quelque chose sorte.

Cette histoire – peut-être.

J'ai entendu dire que, quand on veut se débarrasser d'une histoire, il faut la raconter. Mais je ne me sentais pas de la raconter, cette histoire, vu que je ne voyais même pas en quoi elle me concernait. Je ne connaissais pas cette fille, je ne connaissais pas la Roumanie, je ne connaissais rien, alors qu'est-ce que j'aurais pu raconter ? rien du tout, rien que des étincelles, mais fallait que quelque chose sorte.

Et pas quelque chose de gentil, non, quelque chose de méchant et de brutal parce que cette histoire elle-même était méchante et brutale.

L'envie que ça explose affleurait de partout, c'est un joli verbe « affleurer », je l'avais appris pendant le cours de madame Marceau sur la Guerre froide, mais ça se traduisait désormais par une douleur fulgurante au creux de mes omoplates et des flots de sueur inondaient ma nuque et mon portable me glissait des mains.

J'ai composé le numéro de téléphone fixe inscrit sur la carte.

Une personne a décroché – une voix de femme :

– Oui ?

J'ai aussitôt raccroché – et j'y suis allé.

Bus. Métro. Tramway.

Jusqu'à l'adresse inscrite sur la carte.

Un beau bâtiment en pierre claire – boulevard Longchamp.

Le boulevard qui menait au parc dans lequel on avait retrouvé son corps.

Un interphone devant la porte – et une plaque de notaire.

– Oui ? a fait une voix – la même voix que tout à l'heure au téléphone.

– Madame Carpital ?

– Oui.

– Vous pouvez m'ouvrir s'il vous plaît ?

– De quoi s'agit-il ? Le cabinet est fermé le samedi…

– Vous connaissiez Anka Fontan ?

Un silence.

Puis :

– Oui.

Puis :

– Elle venait faire le ménage ici.

Puis :

– Que voulez-vous ?

– J'ai vu son frère ce matin à l'enterrement.

Silence.

– Vous pouvez m'ouvrir ?

– Non.

– Il m'a dit que c'était vous qui lui aviez appris sa mort.

– C'est exact. Elle m'avait demandé de le prévenir. Au cas où.

– Au cas où quoi ?

– Au cas où elle aurait été malade ou en cas de problème. Elle ne connaissait personne à Marseille.

– Vous ne l'avez pas prévenu quand elle était malade !

Sa voix a grondé :

– Vous venez me donner une leçon de morale ?

Sa voix a chevroté :

– Je ne savais pas qu'elle était malade…

Sa voix a tonné :

– Je me suis effondrée quand on m'a annoncé sa mort !

– Qui vous l'a annoncée ?

– Des voisins, je crois, à moins que ce ne soit la boulangère ou le gardien du parc. Tout le monde pensait qu'elle travaillait encore pour moi. Mais ça faisait deux mois que je ne la voyais plus…

– Pourquoi ?

– Aucune idée. Je l'aimais beaucoup. Elle travaillait bien. Elle était soigneuse et appliquée. Mais un jour elle n'est plus venue… Et j'ai su que le propriétaire de l'appartement qu'elle louait l'avait jetée dehors.

– Vous ne voulez pas m'ouvrir ?

– Non.

J'ai donné des coups de poings contre l'interphone. J'ai craché sur la belle plaque dorée de son cabinet de notaire. J'ai lâché une bordée d'insultes à tue-tête dans le haut-parleur. Ça n'a servi à rien. Hormis à effrayer les mères de famille qui se dirigeaient vers le parc avec leurs bébés et leur arsenal de poussettes.

Et toujours cette envie de briser-broyer-brûler.

Le propriétaire, je me suis dit, le propriétaire habite à une rue de là.

Vas-y. Secoue-le. Démolis tout.

Je me suis pointé devant ses fenêtres grincheuses – les volets étaient fermés.

Défonce-les et arrose tout d'essence.

J'ai sonné au rez-de-chaussée – personne.

Attends, il ne va peut-être pas tarder, il est allé faire des courses, à moins qu'il ne soit à la plage, mais pose ton cul contre une voiture et patiente.

Cinq minutes.

Des coups de masse entre mes tempes.

Douze minutes.

Des braises partout et mon sang comme du plomb liquide.

Une demi-heure.

Voilà deux mecs en survêt. Un de seize ou dix-sept ans. L'autre un peu plus âgé. Ils marchaient comme les rois du monde. Le bas de leur pantalon relevé au niveau des mollets.

Ils souriaient mais ils ont détourné la tête en passant devant moi.

Et merde – ils se sont dirigés droit vers la porte.

Calme-toi, ce sont juste des voisins, ils rentrent chez eux.

Non – ils ont appuyé sur la sonnette du haut.

Du magma et des tisons dans tout mon corps.

La quatrième sonnette – celle dont l'étiquette était arrachée.

– Elle est pas là… a dit le grand après avoir sonné plusieurs fois.

Le plus jeune trépignait. Le plus jeune était mal à l'aise. Le plus jeune me jetait des coups d'œil soupçonneux.

Le grand s'est foutu de sa gueule :

– T'as la trique, ma parole, tu te voyais déjà là-haut !

– Arrête tes conneries…

– Ça va, je comprends, ça fait trois mois que tu l'as pas vue, t'as besoin qu'elle t'astique le manche !

– Laisse tomber.

– Tu veux pas qu'on l'attende ? a insisté le grand.

Et il a ricané en s'adressant à moi :

– Tu viens aussi voir la Roumaine ?

J'avais déjà compris – mais je l'ai regardé bien en face pour lui demander :

– Quelle Roumaine ?

– La salope du quatrième ! il a clamé. Elle nous suce pour cinq euros !

Des bourrasques de copeaux brûlants m'ont fait baisser les yeux.

– Allez on se tire… a imposé le plus jeune.

Et ils ont tourné le dos pour redescendre la rue.

Je me suis empêché de crier. Je me suis mordu les lèvres et les gencives. J'ai fait crisser mes dents les unes contre les autres.

Et – je les ai suivis.

J'ai seulement fait une vingtaine de pas derrière eux.

Et – j'ai vu ces vilaines barres métalliques qui sortaient d'une poubelle béante.

Des tringles ou des tuyaux de chauffage ou des traverses de fenêtre.

J'en ai pris une. La plus lourde. Ou la plus méchante. Elle faisait peut-être un mètre et était couverte de rouille. Je l'ai saisie à deux mains pour la soupeser.

Voilà, je me suis dit, ça devrait aller.

Et – j'ai accéléré le pas.

La rage brouillait la lisière de mon champ visuel mais je distinguais clairement les deux mecs devant moi.

Ils étaient plus grands et plus costauds que moi mais j'avais toutes mes chances en les surprenant par derrière, c'est dégueulasse de frapper par derrière, je sais, mais je m'en foutais, je voulais juste leur faire mal alors je ne me posais pas la question du courage ou quoi, non, je ne me posais aucune question, valait mieux pas que je cherche à comprendre, entre mon père qui s'était marié avec elle pour mille cinq cents euros et Francis qui se faisait du fric sur le dos des clandestins, entre ces ordures de notaires et ces propriétaires de merde, sans compter toute cette misère à Marseille et à Bucarest et ailleurs, si on voulait comprendre faudrait remonter à la préhistoire, au temps où les hommes ont domestiqué le feu, voilà, mais c'était ici et maintenant que la haine me tombait dessus et il n'y avait personne d'autre que ces deux mecs à qui briser les dents.

J'ai serré les poings autour de la barre.

Convaincu que je pourrais anéantir toutes les saletés du monde avec ça – même si rien ne pouvait les ébranler.

J'ai serré les poings autour de la barre et, au lieu de cracher sur mon père, au lieu de casser les mâchoires de Francis, au lieu de saccager ce cabinet de notaire, au lieu d'ouvrir la gorge du propriétaire avec le tranchant de mes mains, je me suis jeté sur ces deux mecs.

Alors que mes jambes tremblaient et que des larmes me sortaient des yeux.

J'ai serré les poings autour de la barre et je l'ai soulevée de biais par-dessus une épaule et j'ai fouetté l'air en diagonale pour l'abattre à hauteur de l'oreille droite du plus grand.

Ça n'a presque pas fait de bruit mais j'ai clairement senti des os de sa boîte crânienne se fendre et le coup a projeté sa tête de plein fouet contre le rétroviseur d'une fourgonnette qui a volé en éclats et le mec s'est aussitôt écroulé sur le trottoir.

J'ai serré les poings autour de la barre et, alors qu'il ne bougeait plus, des geysers de sang lui ont jailli de l'oreille gauche, oui, la gauche, pas la droite dans laquelle j'avais frappé.

Le plus jeune a trébuché de surprise et a crié.

J'ai serré les poings autour de la barre et je l'ai atteint au ventre, sans véritablement lui faire mal d'abord, mais j'ai vite enjambé le corps de son camarade pour réduire la distance et j'ai armé mon bras comme il fallait et je lui ai porté un second coup en plein thorax.

Ses côtes ont dû lui déchirer les poumons car il s'est carrément mis à suffoquer en écartelant les mâchoires sans plus pouvoir émettre le moindre son et il a vainement tenté de se retenir à la portière de la fourgonnette.

J'ai serré les poings autour de la barre et j'ai exécuté le même geste, avec la même fureur, pour le retoucher exactement au même endroit.

Mené par une force que je ne comprenais pas – mais dont je connaissais le nom : Anka.

J'ai serré les poings autour de la barre et j'ai observé leurs bouches se tordre et leurs corps soubresauter.

Des arcs électriques et trois milliards d'étincelles.

J'ai serré les poings autour de la barre et j'ai vu des nuages de cendres ouvrir des crocs immenses et engloutir le ciel avant de se disperser.

Et – je suis allé la remettre dans la poubelle où je l'avais trouvée.

Comme ça.

Sans même plus trembler – alors que tout vibrait.

Un gros chien sans muselière a traversé la rue en trottinant.

Et – je suis rentré.

Sans prendre le tramway, ni le métro ou quoi, non, je suis rentré à pied.

Longeant la voie rapide avec le flot assourdissant des véhicules qui revenaient de la plage.

J'ai mis une bonne heure pour regagner la cité.

Le Vieux Pruneau parlait tout seul sur son banc, sans bouger, juste ses yeux qui clignaient de temps en temps.

Je me suis assis à côté de lui.

À réfléchir avant de monter retrouver mon père et ma mère et ma sœur.

Je ratisserais peut-être tout ce qu'il y avait sous mon lit.

Tout – de ses culottes à son paquet de mouchoirs en papier.

Même son permis de séjour.

Et – je balancerais tout dans le vide-ordures.

Même la photo de mariage.

Après ça – comme un grand vide.

– Qu'est-ce que tu as fait à tes mains ? m'a brusquement demandé le Vieux Pruneau.

Sur mes mains – des traces de rouille.

Et bientôt mon conseil de classe et les épreuves du brevet.

Et après – un putain de grand vide.

Je me suis frotté les mains pour les nettoyer en attendant que le monde entier s'effondre et des étincelles ont surgi entre mes phalanges.

Une illusion d'optique – peut-être.

Les étincelles voletaient sous mes yeux, plus je me frottais les mains et plus il y en avait, le Vieux

Pruneau s'est même écarté tellement ça lui a foutu la trouille, elles crépitaient à tout-va en zigzaguant comme des milliers d'abeilles.

L'une d'entre elles s'est délicatement posée sur ma paupière droite et un de mes cils s'est consumé lentement alors que tous les fracas du monde se dissipaient.

*Ils ne sont que quatre pour son mariage. Elle et son mari et leurs deux témoins de circonstance. Elle vient tout juste de découvrir son mari. Il est aussi mal à l'aise qu'elle. « Thomas Fontan » se présente-t-il en lui tendant la main. Francis plaisante en les poussant l'un vers l'autre. « Faites pas les timides ! Vous allez devoir vous embrasser sur la bouche dans moins de cinq minutes ! » Elle connaît déjà Francis. C'est lui qui s'est occupé d'organiser tout ça. Contre cinq mille euros. « Il n'y a rien de mieux pour te garantir un permis de séjour » a-t-il assuré. La cérémonie est vite expédiée. Même l'adjoint au maire qui les marie semble savoir que tout est faux. Elle effleure subrepticement les lèvres de son faux mari, en souriant, au moment où le photographe appuie sur le déclencheur. Elle ne s'en souviendra certainement pas alors elle achète aussitôt un tirage numérique de cette photo. « Mon fils a eu quatre ans la semaine dernière ! » dit Thomas à Francis en sortant de la mairie. « Comment il s'appelle ? » ose-t-elle lui demander. « Marco… » Elle hoche la tête. Peut-être qu'elle le rencontrera un de ces jours.*

Ouvrage réalisé par
Cédric Cailhol Infographiste.

Reproduit et achevé d'imprimer
par l'Imprimerie France-Quercy à Mercuès
en **novembre 2011.**

Dépôt légal : **janvier 2012**
N° d'impression : **11735/**
ISBN : 978-2-8126-0302-0

Imprimé en France